岡田コーブン

ただ、詩のそばで

山本かずこ

ミッドナイト・プレス

目次

カバー　詩作品　岡田幸文「日付けのない」
著者への手紙（一九八四年八月二十日付）

岡田コーブン

ただ、詩のそばで

山本かずこ

第一章

1981年6月2日（火)、岡田コーブンと出会う日の著者（後年、磯村秀樹氏よりいただく）

一、岡田コーブンと出会う

一九八〇年（昭和五十五年）秋のことだ。朝日新聞の求人欄に社員募集とあるのが目に入ったわたしは、面接を受けた。

本体は印刷会社であるが、金融機関、東急グループなど、旅行関係のパンフレットの企画・制作を手がけている会社であった。

面接には、社長、専務、常務が同席した。面接のとき、奥社長からたずねられた。

「磯村秀樹という詩人が嘱託として見えていますが、磯村さんのことは知っていますか？」

わたしは知らなかった。磯村氏に限らず、当時のわたしは、現代詩人の名前をほとんど知らなかったのである。磯村氏は、会社の嘱託として契約を交わしていて、週に一度は来社されるようだった。

わたしの他にも六人ほどの応募者がいたということは、後に知ったものの、何が採用の条件にかなったのか、わたしには知る由もなかった。

面接時に「詩を書いています」と言った、わたしのそのひと言がなんらかの決め手となったとしたら、磯村氏のおかげである。磯村秀樹という詩人の人柄を奥社長が認めていたからだと思う。

同年十月十三日（月）、一カ月の試用期間を設けるという条件付きではあったが、同社に勤めることになった。わたしは二十八歳であった。

それにしても、嘱託とはいったい何をするのだろう、とわたしは思った。磯村氏はお昼になると、昼食を会社の食堂で社長や社員たちと済ませたあと、再び資料室に入ったきり、姿は見えなくなった。そして、夕暮れには帰って行かれるのである。その間、印刷物の校正などされていたのだろうか。

応接室で笑い声が聞こえることもあった。磯村氏も奥社長も楽しそうだった。社長と嘱託といった関係というより、社長が磯村氏をもてなしているようにもみえた。磯村氏のことをたいそう気に入っていることは誰の目にもあきらかだった。社員たちの態度も、社長の大切な客人に対するもののそれであった。

そして、その磯村氏が来社するのが、火曜日であった。一九八一年六月二日（火）、この日も磯村氏は来社された。

「磯村さんから入場券をいただいたんだよ。山本さんも一緒に行きませんか？」
奥社長が手にしている入場券。そこには「日本の詩祭」とあった。開催日は、六月二日、つまり当日ということになる。この詩祭で、昭和五十六年度第三十一回Ｈ氏賞の贈呈式が行われるのだ。

Ｈ氏賞とは、詩を書いていればたいていの者が知っている賞で、わたしも知っていた。「詩壇の芥川賞」といわれることもあるようだ。会場は新宿西口にある朝日生命ホール。開演は五時三十分とあった。会社は池袋に近かったし、仕事を終えたあと向かえば間に合う。奥社長と上司の佐々木康子さん、それからわたしもご一緒することになった。現代詩人会理事長であった磯村氏にとっては、特別の行事の日だ。いつもより、少し早く退社されたのだろう。会場に向かう車には同乗されていなかった。

この年の受賞者は二人。のちに小説も書くことになるねじめ正一、そして小松弘愛《ひろよし》。小松氏は、わたしの郷里、高知在住の詩人であった。受賞したのは『狂泉物語』、第三詩集に当たる。高知で教鞭をとりながら詩を書いていて、詩誌「開花期」（一九六六年／昭和四十一年三月一日創刊、一九八六年／昭和六十一年十月十五日、三十八号終刊）の同人でもあった。「開花期」には、常時三十数人の同人たちが詩作品や評論を発表。巻末の住所録によると、発行所の高知のみならず、関西や関東にも同人がいた。

詩を書いてはいても、いわゆる詩人たちの集まりにも出席したことがなかったわたしは、今年のH氏賞受賞者が誰なのか知らなかったし、知りたいとも思わなかった。だから、磯村氏がわたしにまで入場券を渡してくれた真の理由についても知る由もなかった。

わたしもまた、入ってまもなかったとはいえ、「開花期」の同人だったのである。しかも磯村氏は、H氏賞の選考委員でもあって、のちに発表された選評から、小松氏の詩集を強く推していた一人だと知った。「開花期」同人として、自らが嘱託を務める会社で働いているわたしのことを思い出してくれたのだろう。

「山本さんは懇親会にも出席した方がいいよ。参加費は払っておいたからね」

奥社長はそう言って、佐々木さんと共にいつのまにかいなくなってしまった。ひとり取り残されたわたしはどうやって時間を過ごしてよいのかわからなかった。途方に暮れていたわたしの写真が、後日発行された日本現代詩人会の会報に掲載されるとは思いもよらなかったが、白い半袖のブラウスを着て、少し首を傾げて立っている。

写真のわたしが思っていたことは、一にも二にも「わたしも一緒に帰りたかった」ということである。

それでも、詩祭のあとの懇親会の会場では「開花期」の同人たちと出会った。小松氏のお祝いに同人として駆けつけてきた人たちである。相原校三氏もそのなかの一人であった。懇親会が終わりに近づく頃、相原氏から誘われた。

「これから、みんなで飲みに行くんだけど、山本さんも一緒に行きませんか？」

わたしは全くお酒が飲めない。しかし、誘われるままに相原氏たちと新宿西口交番前まで歩いて行った。

「もう、やって来るはずなんだけど……」

相原氏はそう言って、周囲を見まわしている。交番前で誰かと待ち合わせている様子である。

「すみません！　お待たせしました！」

その人は走りながらやって来た。

「岡田コーブンっていうんですよ」

相原氏は「岡田コーブン」をわたしに紹介した。コーブンとは、どんな漢字を書くのだろう、と一瞬思った。

「こちらは、山本かずこさん」

新宿西口交番前には他の同人もいたはずなのに、誘ってくれた相原氏の傍を離れずに立っていたのがわたしだったのだろう。相原氏はわたしを紹介したあと、わたしが今日のＨ氏賞受賞者の小松氏と同じ高知出身者であること、さらに「開花期」の同人であることなどを付け加えた。その間にも、他の人たちは銘々に歩きはじめていた。行き先はあらかじめ決まっているようだった。わたしは、岡田コーブンに挨拶をし、みんなの後ろをついて歩きはじめた。すべては、なりゆきである。

挨拶をしたとき、岡田コーブンの額からは汗が噴き出していた。この日は、朝から蒸し暑い日であったが、それだけではなく、約束の時間に間に合うようにと、急いでやって来たのだろう。Ｔシャツとジーンズ姿で、少し天然カールがかった髪が肩まで届いていた。時間は八時をとうに過ぎていただろうか。相原氏との会話を耳にしてわかったことは、この時間まで、新宿駅近くにある伊藤忠商事のレストランで皿洗いのアルバイトをしていたということだった。新宿西口交番前からぞろぞろと歩いて行ったあと、まもなく一軒の居酒屋に入ると、そのまま二階へと上がって行った。店の名前は「菊屋」。あとで知るところによると、このあたり一帯は「小便横丁」（いまは想い出横丁）と呼ばれるらしい。誰もがふらっと入って行けるような雰囲気のお店が何軒も並んでいた。新宿駅西口からも近かった。

二階は座敷になっていて、窓際には低く、細長いテーブルが所狭しと並んでいた。

先に入った人たちは、すでにそれぞれ座っている。促されるままにわたしも座った。そして、テーブルを挟んでわたしの前には岡田コーブンが座った。

「菊屋」は、元祖酎ハイボールで知られるらしい。焼き鳥やもつなどを出す店で、安くておいしいとの評判の店のようだ。相原氏たちは、これまでにも何度かこの店を利用しているらしく、メニューを見ることもなくそれぞれ注文している。

「酎ハイボール」「焼き鳥」「もつ」……、目の前にあったメニューを見ても、わたしが口にできるものは見当たらなかった。困ったわたしは、オレンジジュースを頼んだ。場違いである。しかも、わたしは声が小さい。会議の席でも、聞こえないよ、もっと大きな声で！　と指摘されたことは一度や二度ではない。静かな部屋でさえそうなのだから、酒場では、なおさらである。隣や後ろのテーブルに座っている先客たちも、すでに酔いが回っているらしく、大きな声が飛び交っている。しかも、わたしには自分の話を聞いてもらいたいという気持ちが欠落していた。この日、会社からのなりゆきでここまでやってきたものの、ここから先はどうしてよいのか自分でもよくわからなかった。

　しかし、この状況下で困っていたのは、わたしひとりではなかった。わたしの声が聞こえないので、岡田コーブンもまた困っていた。すぐ目の前に座っていても、わたしとの会話が全く成立しないのだ。

「君は、『開花期』のほかにも、詩を発表している場所がどこかにあるの？」

岡田コーブンの質問はわたしには聞こえる。しかし、わたしからの答えは、岡田コーブンには聞こえない。そうするうちに、岡田コーブンは、低いテーブルを跨いでわたしの隣にやって来た。わたしの言葉がよく聞き取れないからである。しかし、そうなると、距離が近すぎることが気になる。この人はこんなにわたしと接近して、気にならないのだろうか。

お酒も飲めず、食べたいものも見つからないお店で、そもそもわたしは場違いな存在なのだ。懇親会の席でもそうだったように、またしても、途方に暮れはじめていたのである。わたしの行き当たりばったりが招いた事態はついにここまでとなった。すべてわたしの責任である。この場にこうして座っていること自体が、唐突に苦痛になった。何もかも放り出して、帰りたくなったのである。突然。

「もう、遅いから帰ります」

会社勤めのわたしとしては、そろそろ帰宅の時間を気にしはじめても不思議ではないが、驚いたのは、岡田コーブンである。自分の言動が気に障ったのかもしれない、と思ったにちがいない。しかし、何も思い当たることはない。当たり前である。会話という会話はまだ交わしていないのだから。立ち上がろうとするわたしに「駅まで送っていくよ」と言って、一緒に店を出てしまった。岡田コーブンに、非があったわけではない。そして、駅まで送ってくれるという申し出をわたしは断ることをしなかった。店を出たところから、また、次のなりゆきが始まったのだ。

岡田コーブンとは、岡田幸文という漢字を書くのだと教えてもらった。「菊屋」を出てすぐのことだ。コーブンとは、一体どんな字を書くんですか。気になっていたのでたずねたのである。なぜ、相原氏は、コーブンと呼ぶのか、となおもたずねると、詩人仲間がそう呼んでいるからじゃないかな、と言った。「幸文」と書いて「ゆきふみ」だけど、音読みなら、「こうぶん」と読むでしょう。だから。

当人は、その呼ばれ方が特に気になるようではなかった。わたしもまた、コーブンと呼ぶことにした。

「右と左と、どっちが僕のアパートだと思う？」

夜も更けていた。タクシーを降りると、道の真ん中に立ったコーブンは、わたしに質問をした。

まず、左を見た。お世辞にもきれいな建物とは言えない。一階は、暗いのでよくわからないが、硝子戸は閉まっている。貸し事務所のようでもある。その右端に、階段がある。階段の上に部屋があるようだった。

それから右を見る。こちらは、淡い外灯の下、エントランスも垣間見えるマンションが建っている。右と言うべきか、左と言うべきか。コーブンを見ると、楽しそうに笑っている。

少しだけ迷ったあとで、わたしは右のほうを指さした。左、と言ったら失礼に当たるかもしれない。咄嗟にそう思ったからである。こっちですか？　すると、コーブンは、言った。

「残念でした。ハズレ！　左でした」

嬉しそうに、そう言うのである。

「ようこそ、わが家へ！」

さっき出会ったばかりのわたしを案内してくれるのだ。コーブンは、薄暗くて、狭い階段を、先に立ってのぼって行った。

部屋に入ると、本の山が見えた。六畳一間の「わが家」であった。壁も畳も本で埋め尽くされている。

「ほら、こうすると、本の山が崩れてくるんだよ」

　コーブンは、両手を拡げて飛行機の格好をしてみせた。すると、壁際に積んである本の山にたちまちぶつかる。コーブンは、両手の翼を交互に上下させながら部屋のなかを、ほらね、とでも言うように進んで行く。座る場所はない。ふたりでベッドの端に並んで腰をかけた。

「そうだ、君にこの曲を聴かせよう！」

　座ると同時にコーブンはそう言って、本棚の一角のたくさんあるレコードの中から一枚を取り出すと、ターンテーブルに載せた。

「オール・マイ・ラヴィング」

　後にわかることだが、ビートルズの曲のなかでもコーブンの一番好きな曲であった。わたしにとっては、初めて聴いた曲であった。曲のかかっている間じゅう、隣に座ったコーブンも一緒に歌っていた。これまで何度も歌ってきた曲なのだろう。英語の歌詞だから、意味はわからなかったが、この曲が好きで、この曲を歌うことが楽しくて楽しくてたまらない、という気持ちがわたしにも伝わってきた。

　そして、わたしは途方には暮れていなかった。あんなにすぐに途方に暮れるわたしとしてはどうしたことだろう。このあと、途方に暮れることもなかった。

なにしろ、タクシーを降りてから、いきなりのアパート当てクイズにはじまり、高らかなファンファーレ入りの「わが家」への招待。そして、急きょ、飛行機に変身する姿など、次から次への展開に、驚いてばかりいたのだから。

初めて会った日の岡田コーブンは、これまでわたしが出会ったどの人にも似ていなかった。どこまでも、ありのままの自分を見せて屈託がない。自分をよく見せようという気持ちとは無縁のようだった。この人は誰とも違う。それは、わたしの直観であった。

さらに、知り合ってしばらくして気づいたことがあった。コーブンを見ていると、ドストエフスキーの長編小説『白痴』のなかのレフ・ニコラエヴィッチ・ムイシュキン公爵が思い浮かぶのである。もちろん、実在の人物ではない。

『白痴』は、作者ドストエフスキーが数多くの自らの小説のなかでもっとも熱愛した作品であった。一八六六年一月一日、ドストエフスキーが愛する姪のソフィヤ・イワーノヴナへの手紙で『白痴』の主題について説明している。

「この長編の主要な意図は無条件に美しい人間を描くことです。これ以上に困難なことは、この世にありません。特に現代においては、あらゆる作家たちが単にわが国ばかりでなく、すべてのヨーロッパの作家たちでさえも、この無条件に美しい人間を描こうとして、つねに失敗しているからです。（略）この世にただひとり無条件に美しい人物がおります――それはキリストです。したがって、この無限に美しい人物の出現は、もういうまでもなく、永遠の奇跡なのです。（略）」とあるのだが、そのムイシュキン公爵に似ている、と思ったのだ。無垢なところが似ている。好きな人を喜ばせることに、思惑も打算もなんにもない。コーブンと出会う、数年前、わたしはドストエフスキーという、ロシアの作家と出会っていた。気に入ったら、同じ作家の書いたものを次から次へと読んでいくわたしの読書傾向はいまも変わらないが、デビュー作に当たる『貧しき人びと』にはじまり、『地下室の手記』『賭博者』など、わたしの関心をひく題の小説を読んだあと、『白痴』へと続いていたのである。

『貧しき人びと』を読んだきっかけは、書店主から薦められたからであった。その人は、「良い小説ですよ」とわたしに言った。以前、この店で、カール・マルクスの『経済学・哲学草稿』を買ったことがあったが、マルクスを買ったわたしにドストエフスキーを薦めたのは、書店主の直観のようなものだったのか。書店主が、共産党党員であることを知ったのは、しばらく経ってのことだった。

ところで「菊屋」を出たわたしは、まっすぐにコーブンの「わが家」に向かったわけではなかった。

新宿駅へと歩いて行く途中で「もう一軒行こう！」とコーブンは言った、わたしは、突然のこの提案に対応ができなかった。断りの言葉を探しているうちに、了承とみなされ「もう一軒」行くことになった。

このとき入った店の名前は「鳥之助」という店だった。店の名前をわたしは知らなかったが、十年経った一九九一年六月三日（月）のコーブンのノートに記してあった。

> 十年前の6月2日、新宿西口交番前で僕は和子とはじめて会った。
> はじめて会ったその夜、新宿西口小便横丁の「菊屋」から、二丁目の「鳥之助」を経て、和子は椎名町の大堀荘に来た。

いつの頃からか、ブルーブラックに変えていたが、その頃のコーブンは、万年筆のインクはブルーを使っていた。だから、三十数年経ったいまとなっては文字がかなり薄くなっているように思える。しかし、それは気のせいかもしれない。もともとこのように薄いブルーのインクだったのかもしれない、とも思う。

二、ビートルズとマルクスと

コーブンは、一九五〇年（昭和二十五年）七月二十九日に生まれた。わたしは、一九五二年（昭和二十七年）一月六日生まれだから、三十歳と二十九歳でわたしたちは出会ったことになる。学園紛争の荒れ狂うあの時代を岡田コーブンはいったいどのように生きていたのだろう。一九六九年の東大入試は中止となり、コーブンは浪人生活を余儀なくされている。

「僕はノンポリだったんだよ」とコーブンは言った。

政治運動に関心を持たない人をノンポリティカル、つまりノンポリと呼んでいたからだが、自ら名乗るのは「旗幟鮮明」にするようで、天気の話や食べ物の好き嫌いを口にするようにはいかない雰囲気が学生紛争まっただ中にはあった。「活動家」か、「ノンポリ」か。名乗ることはしなくても、当時の学生たちは時代の風に問われたように思う。

「僕はノンポリだったんだよ」

　そして、今は死語になっている「ノンポリ」という言葉が、コーブンとわたしの間では生きていた。

「ビートルズばっかり聴いていたんだ。僕にいろんなことを教えてくれたのは、マルクスではない。ビートルズだったんだ。そのなかでも、死んでしまったけれど、ジョン・レノン。毎年、発売されるジョンのアルバムを楽しみに一年を生きていた、と言ってもいいくらいだった」

　コーブンと出会ったのは、ジョン・レノンがニューヨークで凶弾に倒れてから約半年後ということになる。

　一九八〇年十二月九日（火）、入社した年の暮のことである。会社で支給されている制服の上衣を、仕事の帰り道、近くのクリーニング店に預けに行った。なぜ、日付まで覚えているのか。カウンター越しに若い男が言った。

「ジョン・レノンが殺されちゃったね、昨夜。僕は悲しいよ」

　誰にでもいい。彼は店を訪れた同年代の者に声をかけずにいられなかったのだ。

「君は、ジョン・レノンには興味がない？」

　わたしの反応を見て、若い男はそう言った。コーブンの言い方を真似ると、これまでのわたしにいろんなことを教えてくれたのは、ビートルズではなく、どちらかといえば、マルクスのほうだった。

そうしたコーブンとわたしの生きる世界が交わったのが、六月二日であった。詩を書いてはいたものの、詩人と会うこともなく会社とアパートを往復するだけだったわたしと、詩人仲間から「コーブン」と呼ばれていた岡田コーブンと。六月二日に出会うことがなくても、いつかは出会うことはあったのだろうか。よくわからない。

さらに、こんなふうにも思ってみる。

六月二日が火曜日でなかったら、磯村氏は来社しなかったし、この年のH氏賞受賞者が「開花期」同人の小松弘愛氏でなかったら、同人仲間の相原校三氏は「日本の詩祭」に現れることはなかっただろう。相原氏が現れなかったら、アルバイトを終えたコーブンが新宿西口交番前に現れることはなかったはずだ、と。

しかし、いまとなっては、それらすべてはどうすることもできないことだし、どうなることでもなかった。とにかく、気がつくと、コーブンとわたしは出会っていた。それが現実であった。

　ただ、六月二日を過ぎたからといって、わたしの生活が変わるわけではなかった。いつものように、旅行のパンフレットのコピーを考えたり、印刷物の校正をこなして一日を終えた。コーブンから電話がかかってきたのは週末であった。わたしのアパートの部屋には電話がなかったので、コーブンの電話は会社にかかってきた。連絡先をたずねられて、メモ書きを渡してあったのだ。

　コーブンとわたしは、池袋西口交番前で待ち合わせをした。仕事を終えたわたしが到着すると、コーブンはすでに待っていた。

「君は、鰻が好き？」

　会った途端にコーブンはたずねた。お酒が飲めないことを知ってはいても、わたしの食べ物の好き嫌いは知らなかったからだ。「菊屋」のことがあるので、前もってわたしが食べられるものをたずねてきたのである。

「鰻、大好きです！」

　わたしは、即答した。実際に、鰻はわたしの大好物であった。あまりの即答ぶりに自分でも驚いたぐらいだが、会社の隣には鰻屋があり、奥社長にも何度か連れて行ってもらったことがあった。仕事を終えてお店の前を通るときも、鰻のおいしそうな匂いに急に空腹を覚えたこともある。鰻は、わたしにとり身近な存在であったが、高額ゆえ、高嶺の花的存在でもあった。
コーブンは、わたしの素早い返答にとりたてて驚いた様子は見せなかった。ただ、嬉しそうに笑って、それでは、これから鰻を食べに行こう、と言うのだった。中央通りにそのお店はあった。待ち合わせた交番を背にして、右方向を向いたところにアーチ型の入口があった。

本格的な夏の訪れを感じる夕暮れどきであった。中央通りには灯りがともりはじめていた。前もって調べておいたのだろうか。コーブンは、まっすぐにそのお店に向かって歩いて行った。わたしもコーブンの後ろから従いて行った。

こぢんまりとした店であった。暖簾をくぐってなかに入ると、全体を見渡すことができた。入ってすぐに四人掛けの椅子席が左右に二つずつあり、その真ん中が通路のようになっていた。その通路をまっすぐに進むと突き当たりには小上がりの座敷があり、背の低い木のテーブルが幾つか並んでいた。一様に使いこまれているらしく、この店が長く暖簾をかけてきた一つのしるしのように思えた。

コーブンとわたしは向かい合って座った。

客といえば、四人掛けの椅子席に二人いるだけだった。仕事帰りの同僚だろうか。背広にネクタイを締めているのが、座っている席から見てとれた。店内は静かである。

それはわたしにとって大事なことの一つであった。大きな声を出さなくてもすむからである。

お互いのことは、まだ何も知らなかった。

しばらくして、鰻重が運ばれてきたが、わたしにとって、久し振りの鰻であった。美味しい、と思いながら食べていた。わたしの姿は、ただひたすら鰻だけに向かい合っているように見えたらしい。

コーブンは、笑いながら言った。

「君がこんなに鰻が好きだなんて、知らなかったよ！」

もっと、早く誘えばよかった、と。けれども、コーブンとわたしは数日前に出会ったばかりなのだ。知るも知らないも、ないのだけれど。

鰻から顔をあげて、わたしも笑った。コーブンの鰻重を見ると、まだ、ほとんど箸がつけられていない。先にビールを飲んでいたとはいえ、わたしが美味しそうに食べるのをしばらく見守っていたのだ。黙々と食べていた様子を見られていたと知り、恥ずかしいと思ったものの、わたしも一緒になって、笑った。笑いながら、鰻を食べ続けた。

この日は、皿洗いのアルバイトはお休みだった。元々は弟のアルバイトだったが、体調を崩した弟に代わり、急きょ、コーブンが引き継いだということであった。その仕事もまもなく終わる。この日は、そのことを知った。

もともとコーブンには、わたしに話せないことは何もなかった。わたしがたずねれば、答えはすぐに返ってくる。一方で、わたしは二十九歳にして、普通の女性が一生をかけて体験することを、すでに終えてしまったような気がしていた。これまでのわたしの人生をコーブンに話すとなると、わたし自身、気が遠くなりそうだ。何もかも整理のつかない「いま」について、言葉で説明することなど、わたしの手に余ることだった。わたしは、わたしの「いま」について、手つかずのまま生きていたのだ。何も考えずに、目の前にある鰻だけに集中した所以でもあった。

一体、どこから手をつければよいのだろう。

過ぎてしまえば、夢のようでもあるが、二十二歳でわたしの人生は終わった、と思ったこともあった。二十二歳とは、わたしが母親になった年齢である。結婚相手は学生運動の活動家で、重信房子（日本赤軍）とも同席したことがあると言っていた。わたしはたしかにビートルズ世代ではあったが、反戦フォークソング集会や、沖縄返還デモなどに参加する女子生徒でもあった。自制の利かないほどの正義感に見舞われたり、学校でいじめに遭っている生徒を庇って、相手を突き飛ばしたりすることもあった。かといって、腕力があるわけではない。しかも、声が小さいので、誰の目にもおとなしく映るようだった。そうしたわたしにいきなり突き飛ばされると、相手は一瞬何が起きたのかわからなくて、呆然となる。反撃の機会を失ってしまうようだった。わたしの行動は、問答無用なのであった。何も言わず、いきなり実行に移す。それは、わたし自身にも予測できないことだった。その性格は、本質的には変わっていないように思う。いつも、いきなりであった。

もしかしたら、コーブンもわたしのことを勘違いしているのかもしれない。それに、加えて言えば、わたしには、付き合っている人がいた。十五歳年上で、二つの家庭を持っていた。わたしは、どさくさに紛れるように一気に畳みかけるようにコーブンに言った。

「だから、わたしは、コーブンにはふさわしくない、と思う」

そこまで一気に話したが、埒があかないのだった。

「それでも、全くかまわない」と、コーブンは言うのであった。

「自分でも、自分が何をしでかすのかよくわからないところがあるし、自分を信用していない。これからも、性格や生き方は変わらないと思います。だから、わたしとはもう会わない方がよいと思う」

『白痴』のナスターシャ・フィリッポヴナではないけれど、わたしとコーブンとでは、これまで生きてきた世界があまりにも違いすぎる、と思ったのである。真っさらで、どこまでも無邪気なコーブンのことを思うと、そう言わずにはいられなかった。

「わたしに近づいてはいけない」

これ以上親しくならないうちに伝えなくては、取り返しがつかなくなる。コーブンにはわたしという人間がまるでわかっていない、と。

この頃のことを、それぞれ詩に書いている。「椎名町陸橋」とは、コーブンの住まいに近い「環状六号線椎名町陸橋」のことである。

椎名町陸橋

山本かずこ

大売り出しという幟が
道の中央につき出されている

この道は
たぶん神社へと続く道だ

そう思って歩いていたのに
商店街という鎮守の森を抜けたら
そこは椎名町陸橋
生まれ落ちた金子橋から
はるかに遠い都会の朝だ

いまはもう性欲も消えた

水のように流れてゆく車の
ほんとうはそれでなくてもよかったタクシーに乗り込んで
椎名町陸橋を　渡る

（詩集『渡月橋まで』収録）

この詩を書き終えたら

岡田幸文

この詩を書き終えたら
なんて仮定は好まないけれど
この詩を書き終えたら
僕の夢も終わる
なんて
この詩を書き終えたら
もはや言うこともできない
原稿用紙が置かれた机の横のベッドの上で
女が眠っている
朝が来る前に
女は帰らなくてはならない
女の白い胸元にうかぶ紫色の血管をいっときながめて

僕は女の肩に手を触れる
僕はいつこの詩を書き終えるだろう
たがいの身体をあずけるようにして
僕と女とは夜明け前の道を歩きはじめる
道はやがて壁に突きあたり
見上げれば
そこは　環状六号線椎名町陸橋
明るくなりはじめた空の下
陸橋を
環状六号線椎名町陸橋を渡りはじめると
泣く声が
誰かの泣く声が聞こえてくる
この詩が書き終えられるのはいつだろう
タクシーに乗りこもうとする女の肩を乱暴に引張り車から降ろして
僕は女を抱きしめる
そのあとは

朝の光りのなかで輝きはじめた新宿の高層ビルの方角に向かって
空車のタクシーが走り去っていくだけだ

（詩集『あなたと肩をならべて』収録）

わたしはタクシーに乗り込んで職場に行くが、コーブンはタクシーに乗ろうとするわたしを乱暴に引張り降ろす。この詩は、その頃のコーブンとわたしの気持ちがそのまま描かれている。お互いに書いた詩が、当時の状況を雄弁に物語っている。

*

東京都豊島区長崎二の八の一　大堀荘二〇一号室がコーブンの住所であった。一方、わたしが住んでいたのは、東京都杉並区永福町四の三十一の二十一　ひかり荘二階である。アパートから会社までは、電車を何度も乗り換えなければたどり着かない。京王井の頭線永福町から明大前で乗り換え、新宿へ。そのあと、山手線外回りで池袋へと向かう。わたしの会社は池袋に近かった。明大前で乗り換える際には、車内混雑の中を必死でドアに向かった。やっとの思いでドアまで進めたとしても、今度は乗車する者との間で、小競り合いがある。そのため、人の肘に強く押された拍子に、肋骨がぐきっと動くこともあったほどだ。それに比べると、コーブンの「わが家」からは、池袋には歩いても行けるし、わたしの会社までは、さらに近かった。

　夜中にコーブンが机に向かっている。目が醒めたわたしに気づくと、締切の原稿を書いているんだよ、と言った。そのときは、詩の朗読会のレポートを書いていた。詩の雑誌「詩学」に掲載する原稿であった。「詩学」とは、一九四七年（昭和二十二年）八月に創刊されて以来、戦後の詩の世界を牽引した雑誌である。詩を書いている者なら、誰もがその誌名を耳にしたことがあったはずだ。

　わたしもまた、その一人であった。ただ、コーブンと「詩学」のつながりについては知らないに等しかった。詩が好きだったコーブンは、本郷の学生時代から「詩学」の編集部に出入りしていた。大学を卒業してからも、それは変わらなかった。

　当時はまだ詩の朗読会も珍しかった。全国の詩人たちからすると、東京で開かれる詩の朗読会には興味があった頃だ。瞬時に情報が飛び交うネット社会がやってくることなど、まだ想像もつかない時代であった。やがて詩の朗読会は、東京にとどまらず、全国に拡がっていった。「詩学」掲載の朗読会レポートは、情報としても、価値があったといえる。

一九七九年（昭和五十四年）「詩学」十一月号「Poetry ’80」（朗読会ニュース予告）は、こんなふうに始まっている。

> 僕がはじめて朗読会の現場に出かけたのは（――何年前だったろう）、東村山で頑張っていた頃の秋亜綺羅がプロデュースした石神井詩祭だった。よく晴れた日曜日の午後の石神井公園だった。このときは、諏訪優、中上哲夫を始めとして多くの詩人が参加したが、いまでもはっきりと憶えているのは、エアロスミスの「ドリーム・オン」をバックに熱っぽく朗読していた秋の姿だ。僕はといえば、ステージに向って並んでいる椅子に座って、女の子と風船をふくらませたりしていたのだが、それでも、あの朗読会は奇妙に新鮮な印象を残している。
> 以来、僕はいろいろな朗読会を見てきたが（「詩学」でも、’77年12月に「人間詩祭」を開いている）、正直言って、それらの試みの是非は別として、詩の朗読というものが、現在の日本の詩の状況に未だ根づいていないという感じがしてならない。（略）

岡田コーブン二十九歳から三十一歳までの連載の始まりであった。

「Poetry '81」（朗読ニュース）と改まってからは十一回。合計二十五回のレポートを毎月二頁にわたり記録し続けた（一九八一年九月号は休載）。

連載を通して、詩の朗読とは何か、それを自らの目で見て、自らの身体で感じて、自らの言葉で伝えていった。日本の詩の世界が一度は真っ正面から「詩の朗読」に向かい合った時代でもあった。（朗読会ニュース／9）では、伊藤比呂美氏に話を聞いている。彼女は二十代半ばであった。

この回のテーマは、「詩の朗読は、活字の詩を超えてどこまで行けるのだろうか」であった。このテーマは、伊藤氏にふさわしいものだが、同時に岡田コーブンの知りたいことであり、読者の知りたいことでもあった。

岡田　朗読することと書くこととは違うの？

伊藤　普通の朗読、ただ読むだけのは、自分の自己顕示欲だけなんですよね。書くってのはさ、やはり、いくら自分を出しても自分じゃないわけで、活字化しちゃうとね。

わたし昔から芝居好きだったから、やってみたかったんだけど、できないんですよ。恥ずかしくって。で、朗読は自己顕示欲が満たされて嬉しいって感じで……。
　だけど、最近はね、言葉と声を使って活字化したんじゃない何か別なものができるんじゃないかって気がして……。

コーブンはこれまで何度か伊藤氏の朗読会に足を運んでいた。だからこそ、ストレートに感想を述べている。

　岡田　僕は、伊藤さんの詩を活字で読んだとき、あまりノラなかったんだよな。だけど、朗読をきいたら、伊藤さんの詩っていうんじゃなくて、人間というか全存在というか、伊藤比呂美の頭のてっぺんから足の先までが伝わってきたんだよね。若い人で朗読を積極的にしてる人は少ないんだけど、朗読ってのはアンチなものだと思うんだな。また、そのくらいのものがないとやっていけないと思うんだけど、伊藤比呂美にはそれがあるんだな。例えば、「わたしの目を見てほしい」と言うじゃない。あれは聴衆に対するアジテーションだと思うんだけど。

それに続く伊藤氏の発言からは、この人にはわかってもらえている、といった安心感と信頼感が伝わってくる。

伊藤　あれは腹立つのよね。目見ないでしょ。わたしね、朗読会で何がいやってね、聴衆が下向いてきいてることなの。もう頭来ちゃってね。だって、普通、人の話をまじめにきいてたら、人の顔見てしゃべるでしょ。学校で教えてたりしてもね、こっち向いてないのはきいていないことでね。それが、詩の場合そうじゃないわね。というのはね、あの人たちね、下向いててね、頭の中で言葉を受けとめて、活字化して、活字にしたものを感じているわけ、それじゃ朗読できかなくたって同じでしょ。だから、ああいうのは間違ってると思う。

わざわざ出かけてね、人前で自分の詩を読みますっていうからには、活字と同じものが与えられるのじゃどうしようもないって思うのね。やっぱり何か違う効果があるわけでしょう。また、それを狙っているわけだし。だから、まず最初にこっち向いてもらわないと困るの。

わずかな頁ではあるが、「詩の朗読」の現在が、未来が、そして可能性が、伊藤比呂美という詩人を通して、垣間見えてくる。連載を通して、岡田コーブン自身、「詩の朗読」に真摯に向かい合い、突っ走った約二年間であった。

第二章

岡田幸文第一詩集『あなたと肩をならべて』（いちご舎刊）の見返しに著者へのサイン（1981年11月1日）

一、詩集『あなたと肩をならべて』上梓

書籍が刊行されるまでには専門の校正者の存在が不可欠である。手書きにしても、パソコンに文字を打ち込んで、データとして印刷所に入稿するにしても、印刷に至るまでには、何人もの目で確認する。著者はもちろんだが、著者以外の第三者の目が必要になる。この仕事を任されるのが校正者だ。

単純な誤字脱字の確認は当然だが、文字の使い方について、疑問を持ったら、これでよいのかどうか、著者への疑問出しをするのも校正者の仕事である。たいていは、初校、再校、念校、責了（校了）へと進み、印刷の工程を経て、一冊の本が出来上がる。

万が一、校正者がミスを見落とした場合は、そのまま刊行されて不完全な書物が世に出回ることになる。見本検本のときに見つけることができれば、まだ救われる。刷り直しとまではいかなくても、正誤表を挟む、訂正シールを貼るなどして、対処する

方法もあるからだ。しかし、すでに全国の書店に配本がなされた場合はどうすればよいのか。回収するにしても、もう出回っているのだ。ミスの程度にもよるが、一大事となる。出版社にとっても、著者にとっても、その一大事は、世間が忘れても、後々まで尾を引く、取り返しのつかない心の痛手を受けることがある。この校正ミスは、打って出ようとする社運を賭けた書籍であった場合はなおさらだ。弱小出版社の息の根も止まってしまうだろう。

一方で、もうひとつ、決して許されない校正ミスがある。新聞に挟まれてくる、スーパーマーケットなどの売り出しチラシ、通販の冊子校正などがそれに当たる。なにしろ、数字、すなわちお金が直接からんでくる。

文字とは異なり、数字の校正ミスは、一刻の猶予のない重大さを伴う。特に、一桁の間違いは、チラシ制作を委託された印刷所が一定の責任を負うことになりかねない。

特に、チラシ広告の頻度を見れば想像がつくが、正確であると同時にスピードも問われる。一連の流れの中で、校正ミスも起こり得る。

大事な数字、大きく扱われた文字ほど、盲点となる。目に入りやすいからこそ、すべての校正者の目を素通りするという恐ろしさがある。金額と同様、間違いが許されないのは日付である。売り出し日の日付、曜日などの校正ミスは、絶対に阻止しなければならない。そのために、そのチラシ専属の校正チームが編成されることになる。チラシ校正は、二人一組で、読み合わせをすることが多いが、それだけではまだ心配だ。次の段階で、また別の二人一組の目を通すことになる。チーム編成はチラシの規模によっては多少の違いはあっても概ね流れは変わらない。念には念を入れることによって、校正ミスを防ぐしか方法はないのである。

コーブンが、その校正チームに入ったのは、一九八一年（昭和五十六年）秋であった。伊藤忠商事レストランでの皿洗いのアルバイトが終わった頃のことだ。詩人仲間から紹介されて加わることになった。これまで出版社で編集の仕事をした経験はあったものの、このチラシ校正チームでは、編集経験などは不要であった。秋葉原にある大手印刷所の構内の一角にある、Ｄ（チラシ専属）ルームがコーブンの新しい職場であった。

時代はバブル景気に向かっていた。実際のバブル経済は一九八六年十一月から一九九一年五月までの五十五カ月間を指しているようだが、国民全体が、実体の伴わない好景気の渦に巻き込まれようとしていた。バブル経済崩壊後、一気に進む格差社会だが、当時はまだ「一億総中流」意識であり、国民の購買意欲に翳りは見られなかった。

新聞にスーパーの売り出し広告が挟まれない日はなく、コーブンたちの校正チームは夜中も働くことが多かった。少々無理なスケジュールにも対処する仕事の性格上、時給も高く支払われた。

　編成チームのメンバーも若かった。校正チームには、自らの目的のために一時期籍を置いている者も多かったようだ。メンバーの中には、一度大学を卒業した後、医学部に再受験して、見事合格し、医師となった者もいる。

　コーブンにしても、詩の朗読会や詩に関する催しなどに、ある程度、自由に出かけることができたのが魅力だった。仲間意識が芽生えて、お互いに時間の融通をつけ合うことができたのである。当時のコーブンにとっては、悪くない職場であった。

　チラシの工程によっては、夜の遅い時間に待ち時間が生まれることもあった。終電もなくなったあと仕事を終えると、始発電車まで、チームの仲間たちと一晩中営業している居酒屋などで過ごすこともあった。

　この職場で親しくなった人も少なくない。特に、伊藤康司氏との出会いは大きかった。出版社の元編集者でもあった伊藤さんとは、音楽の趣味も合った。また、文学の話、その時々の映画の話で意気投合した。コーブンより、六歳年上ということもあり、お互いＤルームを離れた後も、編集・校正の面で、相談に乗ってもらうことも多々あった。

コーブンが初めて詩集を出したのは、一九八一年十二月のことだった。出会ったその年の暮ということになる。刊行日付は、一九八一年十二月八日、ジョン・レノンの一周忌に当たる。

『あなたと肩をならべて』
著者　岡田幸文
発行　一九八一年十二月八日
発行所　いちご舎
東京都豊島区長崎三―八―一大堀荘二〇一
電話　〇三―九五九―〇三九七
発行者　岡田幸文
印刷　ワニ・プロダクション
定価　一五〇〇円

と奥付にはある。収録詩篇は、先に記した「この詩を書き終えたら」を含む全十五篇と「あとがき」からなる、全八十四頁の、白にスミ文字が美しい表紙の、スリムでシンプルな詩集だ。装丁者は直井和夫、発行所の「いちご舎」という社名を決めたのはわたしであった。発行するに当たり、出版社の名前を決めることになったからである。

「君が考えて」

コーブンに言われて「いちご舎」と口にすると、いいね、それにしよう！　とコーブンは言った。いちご舎とは、ビートルズの曲「ストロベリー・フィールズ・フォーエヴァー」からの連想である。即決に近かった。

「あとがき」には、初めての詩集を出すに当たっての短い文章を載せている。一九八一年十月九日、ジョン・レノン四十一回目の誕生日に記されたものである。

> 詩集を出そう、――そう思い立ったのは、一人の死者のことを考えていた夜のことだった。
>
> それにしても、こうして一冊の詩集が出せるというのも、多くの先輩や友人のやさしさとはげましがあったればこそ、としみじみ思う。それらの人々みんなに心からありがとうと言いたい。（略）

詩集は、刊行日より一カ月以上早く出来上がった。印刷所から段ボールに入った詩集が届けられたが、なかには、茶色のクラフト用紙の包みが幾つか入っているのだった。コーブンは、そのうちの一冊を取り出して、詩集の全体を眺めていた。それから、厳かに言った。

「君にサインをしてあげよう！」

á Kazuko ’81・11・1 Yuki fumi

表紙を開き、本文に入る手前の、見返しといわれる箇所に、黒い細字のマジックペンでサインをすると、わたしに手渡してくれたのだった。

コーブンがサインをする。その姿を目の前で見ていると、詩集がこの世に現れたことを祝う、厳粛な儀式に立ち会っているような気持ちになった。六畳一間の、本だらけの部屋全体が、息を詰めて見守っているかのようだった。岡田コーブンの詩集がこの世に誕生し、わたしに贈られた瞬間であった。

詩集を出版したからといって、それをきっかけに何かが大きく変わるわけではなかった。詩集の多くは、自費出版という形をとるのが一般的である。そうして生まれた詩集は、読んでほしい詩人に送られることで知られていく。さらに、たとえばH氏賞などを受賞すれば再版に繋がり、多くの読者を獲得する機会が得られる。

「そうかといって、詩人という肩書きで生活ができている人はいないんだよ。谷川俊太郎さんぐらいかもしれないね」

とコーブンは言う。

詩が好きだから、詩を読むし、詩を書く。そして、ある程度、書いた作品がまとまったら、一冊の詩集にする。評価されれば嬉しいが、されなくても、詩が好きだから詩を書くし、読む。詩集を出したからといって、日常は、何も変わらない。一つだけ変わったことがあるとすると、詩集を送った人からお礼と感想の手紙が届くことだ。しばらくの間、その手紙がたのしみで郵便受けを覗く。そこに書かれた、励ましの言葉を見つけると、自分の詩を読んでもらえたことにささやかな喜びを感じると同時に、これからも詩を書いていこうという、あらたな気持ちが生まれる。これは、自費出版で詩集を出した詩人たちが、多かれ少なかれ味わう道である。一冊にまとめれば、自らの気持ちに一区切りができて、さらに先へと進もうという気持ちが生まれてくる。

この流れは、わたし自身が後に体験したことでもあった。初めての詩集を出したということは、詩を書き続ける道に一歩踏み込んだという記念すべき儀式なのだ。もちろん、その儀式は、人が知らなくても、自分だけは知っている、という密やかなものである。

コーブンもまた、多くの自費出版で詩集を出した者たちと同じ道を歩き始めた。

二、詩集『渡月橋まで』上梓

「君は、どんな詩を書いているの？」

出会ってまもなく、コーブンからたずねられた。そのとき、書き上げたばかりの詩をコーブンに渡した。原稿用紙に書いたものだった。

コーブンは、その詩に目を通したあと、言うのだった。

「山本かずこ、覚えておこう！」

どの詩を渡したのか、いまとなっては忘れてしまったが、その大げさな言い方は覚えている。わたしは反発心の強い人間ではあったが、覚えているのはそのせいではない。言われてすぐにおかしさがこみあげてきたからだ。わたしは笑いながら言った。

「山本かずこ、覚えておこう！　だって！」

コーブンも笑いながら、台詞のようなその言葉をもう一度言った。

「そうだよ。山本かずこ、覚えておこう！」
わたしは、その言い方がおかしくて、また笑った。コーブンのその言葉をわたしはすっかり気に入ったのだ。当時書いた詩のなかに、「海に沈む太陽を母とふたりで見つめたことがある」という一篇があるが、そこには詩を通してしか伝えられない「わたし」がいた。

海に沈む太陽を母とふたりで見つめたことがある　山本かずこ

眠ることがあたしの義務だった　海の町横須賀では　いつもあたしは夜八時に眠
った　眠ると母がよろこぶことを知っていたし　あたしは母が好きだったから
だからあたしは夜八時にはきっかり眠った

ドアを叩く音がきこえたら　電報ねと母は言って近くの公衆電話まで駆けてゆく
のだ　帰ってきた母の顔にはたいてい涙のあとがくっきり残っていて　あたしは
見てはいけないものを見てしまった時のように折り紙折りに没頭したりした

あたしの折ったしゅり剣や花を見て母は　わたしにも教えてと言う　何度教えてあげても覚えられない母の頭のなかにはきっと何かがいっぱいつまっていたので　しゅり剣や花のことはいつも頭の外へとはじき出されてしまったのだろう　しょうがないわねぇとあたしは言って　母にしゅり剣や花の折り方を何度も何度も教えてあげた　母は何度も何度もありがとうを言ったあたしに

あたしは母が好きだったから　母もあたしが好きだったから　そうやってふたりで暮らしていたのに朝から電報がいくつも届いた日があって　それからしばらくして母とあたしは離ればなれになった

春には小学生になったあたしに　会いにきた母は　もう折り紙を教えてとは言わなかった　しゅり剣ってどう折るんだっけとは言わなかった　それがちょっと寂しかった

この詩を書いたとき、わたしの子供は七歳だった。わたしの頭のなかは子供のことでいっぱいだった。その頃わたしは子供の夢をよく見たが、夢のなかで道を探し当てたのだろうか。わたしの元へとやって来るのだった。「夢の通い路」は、わたしとわたしの子供の間で、たしかに存在したのだと、いまでもわたしは信じている。

「次は君の詩集を出そう！」

一九八二年の初めにコーブンが言った。コーブンが詩集を出したとき、いつかはわたしも出してみたい、そんなふうに思いはしたが、そのいつかとは漠然としたいつかであり、まだまだ先のことだと思っていた。

詩集を出すにはいったい幾らぐらいかかるのだろう。わたしには貯えというものがなかった。どう考えても出せるはずがない。

「僕が君の詩集を出してあげるんだから、お金の心配はしなくていいんだからね」

わたしの逡巡を察知したのか、コーブンが付け加えて言った。

「君はいい詩を書いている。だから、詩集にまとめなければいけない。いまの年齢なら決して早くはないよ。これからもいっぱい書いてほしいし、僕が読みたいんだ。だから、書いて、僕に見せてよ」

僕が読みたいから、いっぱい詩を書いて僕に見せてほしい、とコーブンは言ったのだ。単なる挨拶ならわたしは喜んだりはしない。コーブンは、本気でわたしに言っている。それがわかった。だから、嬉しかった。

詩集が出来上がるまでには、いろんなことを決めていく過程がある。詩集のタイトル、収録詩篇、作品の順番、あとがきの有無、詩集の判型、装丁のイメージ等々。何も知らないわたしは、「どうする？　君はどうしたいの？」というコーブンの質問の一つひとつに真剣に答えていった。これまで書いてきた自分の詩が一冊にまとまる過程は、わたしが体験したことのない、未知の時間だった。

二十二歳でわたしの人生は終わった、そう思っていたわたしにも、体験していないことがまだ残っていたのである。そして、それは胸のおどる、楽しいことであった。

どの詩を詩集にいれるのか、収録詩篇を決めているときである。

「帯を誰かに書いてもらおう」

コーブンがそう言った。帯文は、その詩集にとって、推薦の役目を果たすときがある。特にわたしのような、全くの無名の場合はそうだ。知らない人間から詩集が届いた場合、幸運なら読んでもらえるかもしれない。しかし、たまたまタイミングが悪かったという理由で、読まれないまま忘れ去られることもあるかもしれない。詩集を刊行するということは、そうした全てを受け入れ、耐えて明日に進むことができるかが問われる。

コーブンにたずねられて、わたしはある人の名前を挙げた。

「吉本隆明」

タカアキではなく、リューメイである。詩人であり、思想家でもあるその人の存在をわたしが知ったのは、学生時代のことだった。どれほど大きな存在であるかは知らないまま、学生運動家たちの本棚に置かれたその著者名を眺めたことがあった。わたしは、高校時代そして大学に入学してからも新左翼と呼ばれる活動家たちの近くにいたため、彼らの口から発せられる「リューメイ」という存在が、特別であることは知っていた。「リューメイ」の感じ方、考え方、それが当時の若者たちにとり、自らの行動の指針となるほどの影響力を持っていたのである。

その吉本隆明氏に帯文を書いてもらいたい。そう思った。わたしは世間知らずの上に、怖いもの知らずであった。しかも、当時は現代詩人の名前も知らなかった。かといって、活動家たちの棲む世界に戻りたいわけではなかったが、「ヨシモトリューメイ」に、わたしの書いた詩を読んでもらいたい、不意にそう願ったのである。

その名前を口にしたとき、コーブンはいつものように「いいね」とは言わず、黙った。一瞬、言葉を失ったようにみえた。思いがけない方角から飛んできた名前だったからだ。「ノンポリ」だったコーブンにとっても、吉本隆明は雲の上の存在に違いはなかった。

不意打ちに遭った形になったコーブンであったが、しかし、すぐに気を取り直すと、実現に向けての方法を一緒に考えてくれた。

まず、原稿用紙に詩篇を清書すること（当時は、ワープロはもちろん、パソコン普及など想像もつかなかった時代である）。

次に、帯文章をお願いしたいといった、依頼のお手紙を書くこと。そして、投函。ただ、それだけの作業ではあるが、右も左もわからないわたしにとっては、一つの方向を教えてもらうことになった。

原稿用紙には、できるだけ読みやすく、きれいな字で書くように心がけた。わたしにできることは、それくらいしかなかったからである。書き上げた原稿用紙の束をご自宅に送ったのは、春先のことだった。このとき、吉本氏の住所を調べてくれたのは、コーブンであった。有名人たちの取材記事をアルバイトで書いていた時期もあり、著作者の住所・電話番号が掲載されている、日本読書新聞（一九三七年から一九八四年まで発行された書評新聞）の便利な手帳を持っていた。

帯文依頼の手紙を出してから、ふた月ほど経った頃、わたしは思い切って、ご自宅に電話をかけた。大堀荘のベッドの端に正座をしてダイヤルを回したのだ（当時は、プッシュホンではなく、ダイヤル式の黒電話だった）。

「電話をかけてもいいと思う？」

かける直前になって、コーブンにたずねてみた。

「かけてごらんよ」

とコーブンは言った。止めた方がいいと思うよ、と言ったところで、身も心も電話をかける態勢に向かっているわたしが止めるはずがない。知り合って、一年近く経てば、一度決めたら、前に行かなければ気が済まないわたしのことをコーブンは知っていた。

胸がどきどきした。受話器からは男の人の声がした。吉本です、と名乗られた。

「あのぅ、先だって、詩集の帯のお願いをした者ですけれど……」

吉本氏はすぐにわかったようだった。

「いま、わたしの机の上に置いてあるところです。原稿はもう少し待っていただけますか？」

吉本氏はそう応えてくださった。おそらく、お仕事の途中だったのだろう。受話器を通して感じたのは、深い静けさだった。わたしは、その静けさに、その丁寧さに、心うたれる思いがした。電話の向こうの吉本氏に深々と頭を下げて、受話器を置いたのである。

永福町ひかり荘のわたしのアパートに、速達と書留の朱印のあるB5封筒が届いたのは、それからまもなくのことであった。一九八二年七月十四日の消印が押されていた。なかには、四百字詰原稿用紙が二枚入っていて、一枚に詩集の帯文章が書いてあった。

帯文章

この優れた女流詩人は、まぎれもなく「若い現代詩」だ。「若い現代詩」も言葉を煮焚きする。調理場へゆかずに、いきなりその場でライターに火を付けるのだ。「若い現代詩」は言葉を遊ばせに街へ出る。いちばん存在感の濃くなったところで「橋」や「男」や「近親」たちのシャドウに出遇う。そんな窪みを探がす。それはおおく喪失するためのようにおもえる。この詩人が他者と出遇うのも別離するのも存在の節目のような処に、たまたまさしかかったときだ。そのとき、「悲しい」こと「寂しい」こと。「辛い」ことがある。だが「悲しい」ことを悲しんだり、「寂しい」ことを寂しがったり、「辛い」ことを辛がったりする語彙はこの「若い現代詩」には存在しない。その代り、ときとして怖ろしい「業」の入墨を内股のあたりでチラチラさせることがある。それを垣間見たとき、わたしはこの詩人の思想をみたとおもう。読者におかれてもまた。

そして、もう一枚の原稿用紙には、吉本氏からのお手紙が書かれてあった。

山本かずこ様

とてもおそくなって相済みません。やっと讀むことができ、「帯文章」かかせていただきました。

掛け値なしに優れた詩作品で、讀みながら確かな一個の存在感を味わうことができました。たんのうしたとまではいえませんが、たくさんの未知な感性の揺らぎに出逢い、学ぶことがおおくありました。

これからも御精進を祈ります。

吉本隆明　拝

吉本氏から届いた宝物であった。ヨシモトリューメイにわたしの書いた詩を読んでいただけたこと。そして、身に余る帯文章を書いていただいたこと。優しいお言葉をかけていただいたこと。すべてが無条件に嬉しいことであった。嬉しくて嬉しくて、ただただ幸せであった。コーブンも「よかったね！」と繰り返して言った。その言葉しか、思いつかないのであった。

「さあ、行きなさい」と、背中を押していただいたわたしは、とにかく前に歩きはじめたのである。


一方で、本文の印刷所への入稿、その後の初校、再校、三校、責了、校了までの流れはすべてコーブンの手で進められていった。装丁は、直井和夫氏に依頼した。直井氏は、コーブンより少し年上の詩友でもある。詩集『あなたと肩をならべて』に続いての装丁の依頼であった。

そして、詩集『渡月橋まで』は、その年の十月十三日に刊行された。この日は、子供の八歳の誕生日でもあった。

送付リストもコーブンが作ってくれた。なにしろ、わたしは現代詩人の名前を知らなかった。いったい誰に送ればよいのか見当もつかなかったからである。詩人ではないが、この人に読んでほしいという人がいた。作家の宮本輝氏であった。『泥の河』『螢川』『幻の光』などを読んでいたが、どの小説にも切なさがあった。切なさは、わたしが求めてやまないものだ。わたしはこの作家の切なさが発する光に向かって、わたしの詩集を送り届けたかった。

　コーブンの作ってくれた送付リストの詩人はおよそ一五〇人ばかりだった。発送作業が一段落すると、後は何もすることがなくなった。一気に力が抜けたような心許なさがやってきた。世間は、わたしが初めての詩集を出したことなど、当たり前ではあるが、気づくはずもなかった。職場でも同様である。

　ただ、ある日を境に変わったことがあった。郵便物の量である。詩集を送り届けた詩人から、毎日のように二通三通と封書や葉書が届けられた。ほとんどが詩集贈呈に対してのお礼状であり、感想を述べたものであった。すべては「吉本隆明」の帯文章のおかげだと思った。帯の文章を読んだ人たちの多くは、この未知の詩人の書いた詩を、自分の目でも読んでみようという気持ちになったからに違いない。

　当時、池袋ブックセンターには、詩の専門書店「ぽえむ・ぱろうる」（一九七五年開店、二〇〇六年四月閉店）があった。この書店には、日本中で出版された詩集や詩誌なども多数置かれていたこともあり、詩人たちの間では、詩集や同人誌を出したら、「ぽえむ・ぱろうる」に置いてもらうことは、自然の流れとしてあった。それと同時に、詩人同士の待ち合わせ場所としてもよく利用されていた。

「現代詩手帖」（思潮社）には、毎月、この書店で売上げの多かった、上位詩集の一覧が誌面のタテ三分の一を使って紹介されていた。それによって、いま、どのような詩集が読まれているのか、一つの情報としての役割を担っていたようだった。

　詩が好きなコーブンにとっても、大事な詩の専門書店としてお気に入りの書店であった。『あなたと肩をならべて』も『渡月橋まで』ももちろん、その書店に置いてもらった。

　しばらくして、コーブンがお店に行くと、店長である小山富士子氏（後に古書肆マルドロール社主）が、『渡月橋まで』が三位に上がっていましたよ、といち早く情報を教えてくれた。今度の「現代詩手帖」に載るはずです。先日、編集部に順位のメモを渡しましたから、と。

　しかし、載るはずの号には載らなかった。さらに、翌月の号にも載らなかった。この数カ月、夢の世界で生きてきたわたしにとっては、夢から叩き起こされて、いきなり現実に戻された感覚であった。いったい何があったのか、とは思わなかった。ただ、そうした世界があるということを肝に銘じた、最初であった。この数カ月、夢の世界を共に生きた、という点ではコーブンもまた、同じであった。

船出をしたはずのわたしであったが、気がつくと、大きな波や小さな波の飛沫《しぶき》を受けて、海上をただ漂っているのであった。

そうしたある日、一通の封書が届いた。差出人は宮本輝氏であった。お送りしてからしばらく経っていたこともあったし、お手紙をいただけるとは思いもよらなかった。それだけに、封書の文字をしばらく眺めていた。どこか遠い国から、「いま」という時を選んで届けられたのだろうか。鋏を入れると、深緑の罫線の大判の原稿用紙が一枚入っていた。

前略

御詩集「渡月橋まで」、確かに拝受いたしました。御丁寧なお手紙も、ありがたく拝見させていただきました。

私も詩が好きですが、詩を書くのは、とてもこわい。私には難し過ぎます。散文芸術の中で、詩こそ、究極のものだと思っているからです。〝書は言葉を尽くさず、言葉は心を尽くさず〟という一節を、日蓮の、弟子に当てた手紙の中にみつけました。
御高著の中では、私は「室戸岬」のある一行に、「発車のベルが」の、かすみのような寂しさに、「堀の内」の、〝四人目の子供を捨てたことがある〟という手品に、「海に沈む太陽を母とふたりで……」の〝しゅり剣〟という一語に、心打たれました。便箋がみつからないので、商売道具を使って書きました。失礼の段、お許し下さい。

早々

一九八四、二、二十四

宮本輝

山本かずこ様

風が生まれて、波間に漂っていたわたしという小さな舟が、海上に押し出された瞬間であった。

＊

わたしの詩集が船出したこの年の夏、正確には、一九八二年七月三十日、大堀荘から引越。同八月六日には、ひかり荘から引越。わたしの日記には、そう記してある。

一九八一年六月二日に出会ってから、約一年が過ぎた頃のことだ。

「さっき、いいマンションを見つけたんだよ！」

電話の向こうのコーブンの声は弾んでいた。

コーブンが部屋探しをしていることは知らなかった。わたしにとっては、いきなりであった。営業の人たちは出払っているから、社内は静かである。わたしが黙っていると、コーブンはなおも続けた。

「ここに決めていい!?　本当に僕たちにちょうどいいマンションなんだ。詳しいことは、今夜話すからね」

わたしが返事をしないうちに、コーブンは電話を切った。受け答えできない状況にあることがわかったのだ。電話の向こうで、車が行き交う音がしていた。電話は公衆電話からだった。一刻も早くわたしに知らせたかった、とコーブンはその夜言った。

文京区西片一の三の十一が、そのマンションの住所であった。

「なんといっても、西片なんだよ」

コーブンは、「西片」という地名を何度か口にした。

「西片にあるマンションで、家賃が七万円で借りられるなんて、滅多にないんだよ。君に電話したあと、すぐに手付金を置いて帰ってきたんだ」

コーブンは、興奮して話し続けた。一方で「西片」という地名を聞いても反応が乏しいわたしだった。いまなら「西片」は住みたくても住めないほどの高級住宅地だとわかるが、当時のわたしは東京を知らなかった。

ただ、最寄り駅が、都営三田線の「春日」であり、マンションを出て、坂道をくだればすぐだったし、丸の内線の「後楽園」にも歩いて十分もかからない、とコーブンが言ったときは、このマンションの「特別」さが、やっとわたしにもわかった。通勤時間が圧倒的に短縮されるのである。職場に通うには、「後楽園」から乗車すれば、茗荷谷、新大塚、そして終点の池袋。そこから先は、比較的近かった。

この日、コーブンは部屋探しのために「西片」あたりを歩いていたわけではなかった。詩学社に立ち寄る用事があったからである。連載を続けていた「朗読ニュース」(「詩学」一九八二年二月号にて終了)が終わってからも、時折、詩学社に顔を出していた。文京区本郷六の二十二の八の詩学社周辺で、たまたま不動産屋に入ったら、思いがけない物件とめぐりあったのである。

「マンション富士」。これがマンションの名前であった。詩学社とは、十分と離れていない場所にあった。

＊

そして、一九八二年七月三十日には、豊島区長崎の大堀荘からコーブンの引越。同年八月六日には、杉並区永福町のひかり荘からわたしの引越となった。コーブンの「わが家」からは、六畳の部屋をほぼ占領し尽くしていた膨大な本とレコードの他に、家財といったら、ソファーベッドと、畳の半畳分ほどを占める勉強机ぐらいのものだったし、わたしのアパートからは、半間の押し入れの上下にあった寝具類と夏冬の衣類、詩集や文学書を並べたカラーボックスが一個、西片の新しい「わが家」に持ち込まれることになった。

「夏の引越はやめようぜ！」

これは、二つの引越を手伝ってくれた、藤井孝氏の言葉である。藤井さんは、このときの引越のみならず、それまでのコーブンの引越も、そしてこれより後に行われた何度かの引越についても、力を貸してくれることになる。コーブンとは、二十代前半に、ロックンロールを通じて知り合った、三歳年下の友人であった。また、この引越には、知り合ったばかりの伊藤康司さんも加わってくれた。藤井さん、伊藤さん共に、詩の世界とは無縁の人である。友人として、コーブンを支え続けてくれたお二人である。

伊藤康司三十七歳、藤井孝二十八歳、岡田コーブン三十一歳、山本かずこ二十九歳の夏であった。

マンション富士三〇二号室のベランダからは、後楽園の観覧車も見えた。野球のナイターのある日には、遠くの方から歓声も聞こえてきた。そして、なにより画期的だったのは、お風呂がついていたことだった。銭湯の閉まる時間を気にすることがなくなった。


マンションへの引越に際して、コーブンから引越費用の相談は一切なかった。西片のマンションへの入居にかかった費用についても同じだった。わたしも、たずねた覚えがない。家賃、敷金、礼金などはすべてコーブンが支払い、わたしはそこに身一つで移ればよいだけだったのだ。

「これ、君が持っていて」

新しい「わが家」での生活がはじまったある日のこと、コーブンから通帳とキャッシュカード、印鑑一式を渡された。

「ここに仕事のお金が入ってくるから、これは君が持っていて。ここから僕にお小遣いを渡してくれればいいからね」

通帳を開くと、三〇万円ほどのお金が入っていた。

Dルームでの仕事は、いわゆるフリーの編集・校正者たちを束ねる派遣会社から支払われる形をとっているのだった。

わたしはお金の使い方を知らない。こんなわたしにまとまったお金を預けるなんて、コーブンはなんという危ないことをするのか、と思った。

しかし、コーブンにとっては、わたしがお金の使い方を知っているかどうかは問題ではなかった。コーブンにとっては、どうでもよいことなのだった。コーブンが預けたのは、お金であって、お金ではなかったのだから。僕の持っているお金を君に預けておくよ、という気持ちを預けてくれたのだ。

「君が必要なものがあったら、そこから使ったらいいからね」

ともコーブンは言った。お金の使い方を知らないわたし。それを知っているわたしはコーブンの言葉をすんなりと受け入れられなかった。通帳を渡されても、嬉しいとは思わなかったのだ。通帳を手にして、困惑した。わたしに預けたりして、ほんとうにいいの、と思ったのだ。奇妙なことかもしれないが、コーブンのことが心配になった。コーブンはあまりにも無防備過ぎる。こんなコーブン＝ムイシュキン公爵は、魑《ち》魅《み》魍魎《もうりょう》の跋扈《ばっこ》するこの世の中で果たして生き延びることができるのだろうか。わたしが守らなければ、無理だろう。そのわたしにしても、ほんものの魑魅魍魎には、未だ出会っていないのだった。

　それにしても、どうやって守ればいいのか。わたしには、世間智もないし、ましてや通常備わっているはずの、生きる上での、常識も持ち合わせていない。どんな武器を使って、世間と戦うつもりなのか。いったい、どうやってコーブンを守るつもりでいるのか。皆目わからないのであった。

第三章

詩学社の九州旅行。阿蘇山にて（1985 年 10 月）

一、「詩学」四百号を迎える

かつて、芝の西久保巴町に詩学社はあった。コーブンがその当時の詩学社を初めて訪ねたのは、一九七三年（昭和四十八年）頃のことである。その後、本郷に事務所を移してからも、コーブンは詩学社に足繁く通った。

「ほとんど授業にも出ないで、ロックンロールをきき、愚かしく酒を呑みまくっていた二十代前半だが、巴町の事務所には比較的によく出かけた方だと思う。そして、言ってみれば、それまでの僕は、いつも『訪ねる人』だった」と、一九八三年十一月号の「詩学」編集後記に書いている。

コーブンが、詩学社社主の嵯峨信之氏から、「詩学」の編集長として迎えられたのは、その年の春のことだったが、半年後に当たる十一月号は、「詩学」が四百号を迎えた号であった。一九四七年に詩学社は設立されたが、以来、詩壇という呼び名があるとすれば、「詩学」は、戦後の詩壇を牽引した詩の雑誌であった。

「四百号といっても、僕は、かつての『詩学』を知る世代ではないので、四百号という歴史をトータルに語ることはできない。今回の四百号特集、いささか過去を追想する傾向につきすぎた嫌いがないわけでもないが、更なる明日に向けてのマニフェストは、四〇一号以降の無言の歩みにおいて表明されていくしかないと僕は考える。このことを確認することが、後記の理由である。」と編集後記は続いている。四〇一号以降の無言の歩みを一歩踏み出すコーブンの、静かな決意が伝わってくる。

「巴町の事務所、あるいは四谷の公会堂で開かれる東京詩学の会を通して、僕は新しい出逢いと別れとを経ていったのだが、嵯峨さんから有形無形に教えられてきたことの重さは、時とともに大きくなりつつある。」と、嵯峨氏への感謝の気持ちを素直に述べている。

同じ場所に書かれた、嵯峨氏の「編集後記」からも、コーブンを編集部に迎えて、さらに歩み続ける四〇一号への思いが伝わってくる。

詩学四百号について何か言わねばならぬが、一冊が百頁たらずで、しかも稿料も出していない詩の雑誌が少々長くつづいたからといって、如何なる意味があり、現代詩に少しでもメリットを加え得たとは思いたくない。むろん詩学四十年近くのあいだに、詩学を契機として何人かの詩人が詩壇に登場し、社会的にも詩人として遇されている人々はある。いわば詩学は十字路みたいな役割を果したかもしれない。そういう人々の通過したその詩学の十字路を通りすぎた人々を、ぼくは詩学出身の詩人などと大それた考えを持ったこともなく口にした覚えもない。そんなことは考えようもなかった。言えることは詩学は毎号多くの寄稿家たちの頭脳と労力と時間の消費によってなりたち、詩や詩論または詩人論、詩の周辺の構想を充分自分の滋養とした詩的通行人が、戦後の現代詩にかつてない新風をもたらしたと言えないであろうか。僕はそう思うことでいささか満足し、むしろそのことにこそ内心誇りを感じていた。（略）

　花が美しいのは散るからだといい、消えるものはみな美しいと誰かが言っている。詩学もぼく一代で終わりとしたらとおもったこともある。野の一花にすぎない詩学だが、四十年ちかく眼を放さず見やってきたぼくには生きつづけさせたいおもいもあった。

　岡田幸文はその時ぼくの前に立っていた。時代の波も、その上にゆれ動く現代詩も、そのゆきさきの変化ははかりがたい。幸文がそれにどう対処して育てあげていくか、ぼくがそれを眺める日がそう永くつづくとは思われない。寄稿家諸賢、

読者各位が彼に力をかし与えられることを願うことで、詩学四百号の結末を結びたい。（嵯峨信之）

このとき、嵯峨氏は八十一歳、コーブンは三十三歳であった。

一九七三年に初めて詩学社を訪ねたあと、嵯峨氏から「詩学」編集長にと、迎えられるまでの間、コーブンは、何度か執筆の機会を与えられている。これは、嵯峨氏自身、二十一歳のときに、文藝春秋社に入社し、菊池寛に大事にされたという経歴を持つ者であったことが、大きいといえる。嵯峨氏は、コーブンの、詩の編集者として持たなければならない資質を正確に見抜く眼を有していた。

詩誌「詩学」の一九七九年から一九八二年まで続いた「朗読ニュース」の連載記事より遡ること約三年、「谷川俊太郎訪問記」（一九七六年九月号）がある。わたしがそれらの記事を読んだのは最近のことだが、衝撃を受けずにはいられなかった。四十年以上経ったいまでも、その記事のなかで岡田コーブンがそのまま生きていたからである。

リアルタイムでこの記事を読んだ人たちは、どうだったか、と思った。この記事は「詩学」編集長の嵯峨氏にとどまらず、詩を書く人たちの間で興味深く読まれたことは、想像に難くない。当時、四十四歳の谷川氏は、すでに日本の代表的な詩人の一人であった。詩を書く者ならその訪問記に興味を持ったはずである。

僕は詩人に泳ぎ方を教えてもらった
——谷川俊太郎氏を訪ねて——

岡田幸文

詩人・谷川俊太郎氏を訪ねるその日の朝は、八時半頃に目が覚めた。FMのスウイッチをひねると、チャイコフスキーのピアノ協奏曲の第二楽章が流れてくる朝だった。

紅茶を飲みながら、僕は杉並区の地図をひろげてみた。俊太郎さん（以下、こう親しく呼ぶ失礼をお許し下さい）のお宅と僕の下宿とは同じ杉並区にあって、直線距離では意外と近いのだ。（略）最近出された詩集『定義』の中にある「私の家への道順の推敲」という詩を読んで、大体見当をつけ、下宿を出る。（略）

まえもってあの詩を読んだとき、阿佐ヶ谷の街をアレコレと想像したのだが、たしかに、詩に書かれているように、一軒の運動用品店の「角を単に右折して青梅街道と別れ」「さしたる曲折もなく」「僅かな下り坂だけで住宅公団阿佐ヶ谷住宅に突き当」り、「最後の数十米はテニス・コートに沿って」行くと、迷うことなく、「谷川」と書かれた表札の前に立つことができた。（略）呼びりんを押す。ビリリンとかなり大きな音がして二瞬《ママ》ドキリとしたが、つづいて犬の鳴き声、そして、「ヘス！」と呼ぶ詩人の声が「どうぞ」と僕を呼び入れてくれた。木の扉を開けると、シバ犬（これはあとで俊太郎さんに教えてもらってわかったのだ）の横で、Tシャツにショート・パンツというラフなかっこうをした俊太郎さんが笑っていた。（略）

真中にカセット・テープを置いて、冷たい麦茶を飲みながら、僕は最初に、例の「道順」の詩についてお聞きした。

俊太郎さんのお宅には、その日の僕のように、南阿佐ヶ谷の駅からお宅への道順をたずねる電話がよくかかってくる訳だが、一生懸命説明しても迷う人がいるらしく、もの書きのくせに道順ひとつ満足に教えられないことをつねづね情けなく思われていたそうだ。

そこで、道順をこれ以上動かしようがない位正確に書ければ、それはいい散文になるのではないか、と思って書き始められたものがこの「私の家への道順の推敲」というものになったという。

詩集『定義』の話が出たついでに、もうひとつお聞きしたいと思っていた「メートル原器に関する引用」のことをたずねてみた。

いまの日本には、例えば「民主主義」という考えひとつとってもみんな違った意味で使っている状況があって、そういう言葉の意味が確定しない社会で、詩を書いていくことは難しいことだ、と俊太郎さんは言われる。

定義というものは、他の人の無意識の同意がなければ、その意味が成り立たない訳だが、俊太郎さんの場合、一方に、あることがらの正確な意味を見出したいという気持ちがあり、他方で、それはパロディになるしかないという気持ちがあるようだ。

とくに、定義ということを詩の分野でやるとしても、それは本当の定義とはなりえず、むしろ定義が不可能なこと、相対的なこと、定義そのものがパロディになるということをこの詩集の途中の詩を書いている頃から意識されたようだ。

だから、百科事典の引用ということも、それが詩であるかどうかはわからないが、御自分の仕事の延長であることはハッキリしている、と言われる。そういう引用が詩集の中に入っていること自体、パロディではないか。と同時に、他のもっとアイマイなことにメートル原器のような定義を与えられたらいいのではないか、とも話された。

＊

ところで――話はガラリと変わるのだが――「詩人」とは一体何なのだろう。今日、「詩人」という言葉はあまりよい意味に使われていないようにも思えるのだが、俊太郎さんなどは「詩人」としか呼びようがない人だと思うし、それこそ、僕は「詩人」という言葉を谷川俊太郎によって「定義」しよう、とさえ思っているのだ。

（略）

かつて俊太郎さんが理想の「詩人」のイメージとして考えていたのはジャック・プレヴェールだった。

「世界へ！」というアジテーションをはじめて読んだのは何年前だったろう。プレヴェールの「僕のパリ」を引用して「――この詩を浅薄だという人は、生きることがどういうことか知らない人だ」と言い切ったアジテーションに、当時の僕は、俗な言葉で言えば、シビレテしまった。

（略）

俊太郎さんは、書くことより、話すことの方が手を使わないだけまだマシだ、と言われたが、「本当は黙っている方が多分好きなんじゃないかなあ」という気持ちの方がつよいのではないだろうか。

ほとんど遊び方を知らないという俊太郎さんは、自分の用のあるところ以外は出歩かないらしく、お酒も飲まないらしい。

「作品で遊んでいるんじゃないか」と言われたが、それが個人的な「遊び」にとどまっていないのは、「いつも、何やっても、自分が楽しいし、人を楽しませたい」ということをめざしているからかもしれない。

「道化っていうと、ちょっとカッコよすぎるんだけども、そういうものになればね、素晴らしいと思う」

僕がいつも感心させられてしまうのは、俊太郎さんは、新しい詩集を出すたびに新しい文体を創り出していくことだ。御本人によれば「あるひとつの書き方に飽きて、別の書き方がしたくなる」そうだが、ここにも「自分が楽しいし、人を楽しませる」ことをめざす詩人の生き方がみられるようだ。

だから『定義』と『夜中に台所でぼくはきみに話しかけたかった』を出したいまは、違った書き方がみつかるまで当分書き始められないそうだ。

*

俊太郎さんの数ある詩集の中で一番気に入っているのは『旅』だが、二週間ほど前にも久し振りに読み返す時間をもった。

例えば、「鳥羽2」における第一連から第二連への突然の転調——

この詩を永遠にしようとは思わない
この詩はこの時で結構だ
私にも刹那をおのがものにするだけの才覚はある
既にいま陽は動いている

というその言葉も
砂の上に書いたにすぎない
それも指でではなく
すぐに不機嫌に変る上機嫌な心で

これは、「何ひとつ書くことはない」という有名な一行で始まる「鳥羽1」以上に僕を驚かせる。（略）まあ、こういう詩の解釈はその道の専門家に任せればいい。ともあれ、詩集『旅』一巻は、言葉と真摯に向かい合った詩人の言葉に賭ける孤独な、しかし、英雄的な闘いの記録だ、と僕は思っている。
今回、俊太郎さんとお話しする機会をもてたことで、例えば、「鳥羽7」にみられる詩人の姿に一層リアリティを覚えることができたのは、幸福な体験だった。念の為に全行引用してみる。

口はすねたように噤んだまま
またしても私の犯す言葉の不正
その罰として
終夜聞く潮騒

すべての詩は美辞麗句
そう書いて
なお書き継ぐ

夜半に突然目を覚まし
ひとしきり啜り泣く私の幼い娘
私は正直になりたい
瀕死の兵すら正直でない
煙草の火が膝に落ちる
もう夢を見る事もなかろう
こんなに睡いのだが

（略）

俊太郎さんにお会いするのはもちろんこれがはじめてのことだったが、とても気さくな方で、はじめて、ということを忘れて楽しくお話しすることができた。テープも終わりになる頃には、ビートルズのこととか、手の不器用なこととか、クイズ、パズルの苦手なこととか、バッハの「主よ、人の望みの喜びよ」は素晴らしいとか、話がアチコチにとんだのだが、面白かったのは、泳ぎの話のときだ。

（略）

ここから先は、タイトルにもあるように「僕は詩人に泳ぎ方を教えてもら」うことになる。教わったコーブンは、十数年後、わたしが通っていた朝霞スイミングスクールに行くことになる。肩凝りがひどくて、両肩にサロンパスを貼った状態のまま出かけて行った。順番にプールに入り、指導を受けていると「こんなに泳げない人も珍しい」と言われたそうだ。その後もしばらく通っていたが、いつのまにか行かなくなった。多忙になって、時間の都合がつかなくなったからである。

一方、わたしは背泳ぎ専門であった。背泳ぎ以外では泳がないのだ。というより、泳げないのである。水に顔をつけるのがいやだから仕方がないのだが、背泳ぎができるようになった時点でスイミングスクールも止めていた。「わたしにできるのだから、コーブンにもできる」といった論法で、ある年の夏、コーブンに背泳ぎの特訓を試みたことがあった。

和子ちゃん
昨日は疲れているところをありがとう。
和子が一所懸命泳ぎを教えてくれるので
有難くもうれしかった

やっかいなPowwowも終わった
あと「フィオレ」と「こんぱす」
大変だけど身体に無理しないこと
君の末長い健康を祈る！

幸文

一九九一年七月七日のメモ書きである。

「Powwow」「フィオレ」「こんぱす」とは、それぞれ企業のＰＲ誌である。この頃、わたしはフリーランスの取材記者として仕事をしていたが、一区切りついた頃、藤井孝さん、詩人の木野まり子さんたちと、梅雨開けの沖縄に出かけたのであった。ホテルは、日本航空のグランドキャッスル。夏休みに入る前のホテルのプールには貸切状態の時間帯があった。

背泳ぎではあったが、コーブンも、水に浮くという感触が掴めたようだった。プール際で立っていたわたしに向かって、藤井さんと二人で手を振ってくれた。コーブンは、嬉しそうだった。

「谷川俊太郎訪問記」は、「詩学」掲載の文字数で、原稿用紙に直すと約十八枚はあった。ここでは、ほぼ半分にとどめたが、この「谷川俊太郎訪問記」は、コーブンにとっても、「詩学」にとっても、大きな出来事だったことには違いない。さすがに、全頁を掲載するわけにはいかないので、前年刊行された、詩集『定義』についてのやりとりを中心にまとめてみた。コーブン、二十六歳二カ月で書いた「訪問記」であった。「朗読ニュース」の連載が始まったことや、「現代詩手帖」の編集部に迎えられるという話は、この記事が紹介された後のことである。

「明日から、岡田幸文さんが入社します」

そんなふうに思潮社の朝礼で社長の小田久郎氏が社員を前にして発表した翌日、コーブンは思潮社には行かなかった。その前日、コーブンには何があったのか。思潮社入社の報告に出かけた詩学社で、主宰者である嵯峨氏から反対されたのだった。その後、嵯峨氏から「詩学」編集長に迎えられるといういきさつがあった。

詩学社、思潮社の動きとは別に、ある人もまたコーブンに声をかけようとしていたことをわたしが知ったのは、コーブンが「詩学」編集長になって、しばらく経ってからのことだった。

「実は、谷川俊太郎さんがアシスタントを決めるに当たって、二人の候補を挙げていたんです。その二人というのは、僕と岡田さんで、岡田さんは知らないままだったのかもしれないけれど、そういうことがあったんですよ」

話してくれたのは楠かつのり氏である。楠氏は、谷川さんのアシスタントを長くされていた方だ。楠氏の言うとおり、コーブンは何も知らないままであった。たまたま仕事で会った楠氏から知らされたわたしも驚いた。帰宅してニュースを話すようにコーブンに伝えたが、コーブンからは反応がなかった。何も思わなかったわけではないにしても、何も話さないから、わたしにはわからなかった。

「そんなことがあったなんて、知らなかったね！」

わたしがそう言って、その話は終わりになった。万が一、尊敬する谷川俊太郎氏からアシスタントにという誘いがあったら、コーブンはどう答えただろうか、と思うことがある。

しかし、谷川氏はコーブンを選ばなかった。そのおかげで、コーブンは、終生、ただ詩のために、ただ詩のそばで生きる道を歩むことができたともいえる。

また、後に「詩学」を退社したときに、思潮社の小田久郎氏から、再度、迎えたいという連絡があった。そのときも、コーブンはお断りしている。そのことを、伝え知った、親しくなった若い詩人から問われたことがあったそうだ。

「どうして、岡田さんは、二度も思潮社の誘いを断ったのですか？」

わたしも、また、知りたいと思った。コーブンは、なぜ、二度、断ったのだろう。

「君たちと出会うためだよ」

コーブンは、そう答えたそうだ。

二、「詩学」編集長として

一九八三年（昭和五十八年）六月号から、詩誌「詩学」の編集長となったコーブンは、これまで以上に、詩のことを考え、詩のために時間を使うことになった。当然、誌面を充実させたい、と思った。ただ、書いてほしい詩人に原稿依頼をする段になって、どうしてもためらいが生じるのである。原稿料を支払うことができないからだ。編集長になるということは、詩学社の経営とも無縁ではいられない場所に自ら立つということでもあった。一冊当たりの本体価格は五〇〇円（二〇〇七年七月八月合併号では、本体価格は六六七円となっている）。定期講読者数が約一〇〇〇人ほどいたとしても、送料や制作費用などを差し引くと、原稿料を支払う余裕がないということは、数字を書き出すまでもなくわかる。さらに約八万円の家賃、光熱費、電話代などの費用も当然かかってくる。そこに嵯峨氏には一五万円、コーブンには一〇万円の給与の支払いも加わった。「詩学」の売上げでは、印刷代、製本代すら支払うことは不可能だとしたら、何か別のところから収入源を確保しなくてはならない。現実的には、自費出版による編集費、制作進行費がそれに当たった。

「詩学」の広告によると、当時、三百部で五五万円からの費用で自費出版を引き受けると書いてある。この内、一冊当たり一〇万〜一五万円前後の収入と単純計算した場合、それがそのまま月々の固定費として充当されると乱暴に予測することはできる。

ただ、自費出版の依頼は、毎月決まってあるわけではない。ちなみに、コーブンが入社した年、一九八三年十二月から八四年十一月までの一年間で刊行された詩集を書き出してみた。といっても「詩学」の詩集広告には、前年から引き続いて紹介されている詩集も含まれているので正確な制作数とはいえないかもしれない。


猿田長春『見えない鳥　その他の詩』堀内亮太『友といえない』水沼靖夫『遠心』三沢一夫『宇宙花』徳永民平『呑吐火』原桐子『女面』中正敏『失題』関根明『五月の行方』藤木明子『木簡』登坂雅志『一惑星にあって』南郷芳明『深海魚の夢』池田弓子『絵本』タマキ・ケンジ『流星』斎藤晩景『美しい花』佐久間隆史『定型の街　遥か遠く』斎藤忠『暗い海』珍田彌一郎『海と山茶花』本吉洋子『熊とライプニッツ』かべるみ『梂』大西美千代『街路樹街』中村不二夫『ダ

ッグ・アウト』関川かほ『鏡の中』豊岡史朗『虹を渡った男の話』山本かずこ『最も美しい夏』片村至『ねむらない種子』寺下繁子『海が見える』山本みち子『雛の影』

正確な詩集の制作数とはいえないとしても、一年間で二十七冊が刊行されたことになり、これらの編集費などが月々の固定費に充当されたことになる。しかし、依頼は前もって予測できるものではない。まさに自転車操業という言葉がぴったりの、明日をも知れない極小零細企業なのだった。この経営状態のなかで、執筆者への原稿料は、いくら支払いたくても無理なのであった。

一方で、現実の生活はどうすればよいのか。給与一〇万円では生活することはできない。コーブンは、これまでの「Dルーム」校正の仕事も続ける道を選んだ。これに、会社勤めを辞めたあと、雑誌やＰＲ誌の契約記者として働きはじめていたわたしの収入を加えると、月額四、五〇万円ほどの収入にはなった。

しかし、「詩学」や詩集編集作業に加えて、夜半にシフト変更してもらった校正仕事の両立は当然厳しいものとなった。わたしが目を覚ますと、机の上にコーブンからのメモがあった。

（横書きで）

かずこ
さすがに疲れました
今夜も凸版へ行かなければならないので
詩学は休みます
⇩　栗原さんにはTELで伝えて下さい
6：00まで眠らせて！　下さい
⇩　そして、よかったら
かずこのカレーライスを食べたいものです

メモを書いた時間は、5：30 a.m.となっていたが、後にメモを貼り付けた大学ノートには日付を書いていなかった。前後に貼った新聞記事の日付から、一九八三年の秋、つまり、昼間は詩学社、夜には凸版（印刷所）への二つの仕事をスタートさせて約半年後のメモということになる。「6：00まで眠らせて！　下さい」という時間については、つじつまが合わないが、意識が朦朧とするほど、疲れ果てていた、と想像できる。

ところで、栗原さんとは、詩人の栗原澪子《みおこ》氏のことである。『ひとひらの領地』（一九七八年）、『似たような食卓』（一九八九年）、『日について』（一九九五年）の詩集を詩学社から上梓している。また、『黄金の砂の舞い　嵯峨さんに聞く』（七月堂）を、嵯峨氏亡き後（一九九七年十二月二十八日九十五歳で死去）の一九九九年五月に刊行。嵯峨氏から「半年譜」の下書きを任されるなど、その信頼は篤く、詩学社の嵯峨氏を最後まで支え続けた方である。

コーブンは、凸版から明け方帰宅して、そのまま詩学社に出かけることも少なくなかった。一九八三年十一月号では、「四百号記念特集」を組むなど、入社早々、詩誌「詩学」の大きな節目を迎えることになったが、その「四百号」を記念するイヴェントが翌年六月七日に予定されていた。月刊詩誌「詩学」編集作業と並行して、その準備に忙殺される日々であった。
「人間詩祭Ⅱ　イヴへの讃歌」と銘打ったその企画は、池袋駅東口豊島公会堂で開催され、成功裏に終わる。「詩学」一九八四年七月号の編集後記からは、解放感が伝わってくる。

（略）豊島公会堂は、一、二階あわせて千人のキャパシティを持っている。当日のプログラム進行のためスタッフとミーティングを重ねていく一方で、どれだけの人が来てくれるか不安がなかったといえば嘘になろう。けれども当日フタを開けてみると八百以上の座席が埋まったのだから、嬉しかった。（略）

新川和江、新藤涼子、高田敏子、吉原幸子、中村真一郎、安西均、斎藤忠、谷川俊太郎、小泉浩、辻井喬、大岡信、小海智子、土岐雄一郎の各氏による朗読、歌による祭典であった。

当日の午前から午後にかけてのリハーサルでは、進行係のコーブンや舞台照明、音響設備などのスタッフがいた。わたしは、出演者およびスタッフの昼食買い出し係の一員として朝から公会堂の一室に詰めていた。時分になると、誰かの号令と同時にいっせいに部屋を出ると、雑草が自在に伸びた中池袋公園を横切り、三越デパート地下に向かった。そこで選ばれたのが富山の鱒寿司《ますのすし》である。美味しい、というのはもちろんだが、食べやすいというのが他の選択肢を排したのだろうか。それぞれに両手に紙袋を提げて、地上に上がり、黙々と中池袋公園を横切って公会堂へと戻って行った。部屋に戻ると汗だくになっていた。季節は夏に向かっていたのだ。

買い出し係の一員として仕事を果たしたわたしは、すでに一日が終わったような気がした。結局のところ、表舞台で何が行われていたかは、ついにわからずじまいであった。

この豊島公会堂が二〇一六年二月に閉館された。老朽化によるものだ。東京建物ブリリアホールとして、二〇一九年十一月に生まれかわった。今年（二〇二三年）三月、縁あって、わたしはブリリアホールの二階に座った。約四十年を経て、観客として舞台を見る機会を得たことになる。雑草たちはどこに行ったのか。中池袋公園は、すっかり整備されていた。

大きなイヴェントの一方で、地道な編集作業もこなしていかなければならない。詩誌「詩学」の巻末には、「研究作品」の頁があり、全国から送られてくる「投稿作品」を五人の詩人たちが合評する。「投稿規定」は以下のようなものである。

規定

研究作品は、必ずＢ５・400字詰原稿用紙を使用のこと。原稿の末尾には、住所本姓名をご記入ください。ただし、ペンネームの使用はご自由。なお、研究作品の返送には一切応じられません。必要の方は、あらかじめコピーを別におとりお

きください。〆切毎月15日。（封筒おもてに、研究作品と明記ください）

研究作品投稿者のうち、四十人前後の氏名を枠組みとし、五人の選者たちによる得点数が合計されるのであった。得点の多い順に、毎月、十篇から十二篇ほど誌面に紹介された。

紹介までの流れは以下のとおりとなる。すべてコーブンの仕事となる。

一、編集部に届いた「投稿作品」を、速記者、編集部用と合わせて七部コピーし、セットする。
二、次に、そのコピーを四人の選者（嵯峨氏分は除く）に郵送する。
三、合評日当日の進行。
四、約一週間後に速記者から速記録が届けられる。
五、速記録を五部コピーしてセットする。
六、即日、四人の選者に郵送する。
七、その間、速記録の文字数調整も含めて全体の編集を進める。
八、四人の選者及び嵯峨氏からの返送を受けて、割付作業を経て、印刷所に入稿。

九、初校、再校。
十、責了（印刷所への出張校正）。
以上が「投稿作品」の流れである。印刷は、活版印刷であった。初校、再校などで直しが発生すると、一字一字、職人の手によって、活字が組み直されるという時代でもあった。

ところで、詩学社にはコピー機がなかった。いまなら、どこのコンビニエンス・ストアにもコピー機が設置されているが、当時は、本郷通りにあるコピー機専用店舗へと出向いて行くのであった。

一人当たりの原稿用紙が少なくとも、平均二枚だとして、たとえば四十人から送られてきた場合は、八十枚となる。合評の選者たち、編集部、速記者用となると、約五六〇枚のコピーをすることになる。

狭くて急な階段を昇ると、コピー機が二台ほど設置されている狭い空間があった。コピーをするためだけの場所である。道路沿いに窓があるだけで、空調設備はない。暑くても寒くても、立ちっぱなしで、延々とコピーを続ける。一度、その場所に一緒に行ったことがあるが、わたしには、手伝ったという記憶がない。コーブンから、手伝って、と言われた記憶もない。コピーが終わると、選者たちに郵送するために急いでセットして、本郷郵便局本局まで持ち込む。投稿の締切が毎月十五日だとしたら、遅くとも、二十日までにはそれらの作業を終えなければならなかった。

一九八三年六月号の場合、その年の二月十五日締切の作品が合評の対象となっていた。月刊誌の常で、六月号は、五月三十日発行となっている。締切から、約二カ月半の時間を経てはいるが、翌月分も同時進行で進んでいる。その間の作業を考えると、編集作業に使える時間はかなり厳しいということになる。

合評会には、司会進行役として参加するコーブン。わたしはといえば、ある仕事のために事務所に詰めているのであった。合評会のはじまる前にお茶を出した後は、邪魔にならないように、隣の畳の部屋で待機していた。合評会は、二時間ほどで終わるが、その後の食事に備えて、事務所を出るのである。神田明神下の「神田川」まで鰻重を取りに行くのだ。これが、この日のわたしの大きな仕事であった。

「神田川」というのは、一八〇五年創業の鰻の専門店だ。老舗中の老舗であり、出前するという発想はないお店である。あらかじめ注文を入れておき、時間になったら、本郷通りでタクシーを拾い、受け取りに出向いて行く。

「神田明神下の神田川までお願いします」

「すぐに戻りますから、ちょっとお待ちいただけますか？」

この言葉を毎月、約五年間繰り返した。

食事を終えた後は、翌日、空になったお重を返しに行く。これはコーブンの仕事だった。お重が八人分載った四角いお盆を、大きな風呂敷に包み、バスに乗って返しに行った。何しろ、八人分である。空であっても、けっこう重かったはずだ。

　コーブンは、「詩学」編集はもちろん、それに伴うコピー印刷やセット、郵送、さらにお重返却にしても、自分でできることはすべて自分で行った。さらに夜も凸版印刷で働いた。一方、月に一度の鰻重受け取り仕事の他に、わたしは何かできなかったものか。もちろん、詩学社のためにではなく、コーブンのために、である。

　一つだけ、コーブンひとりではできないことがあった。製本されて届けられた「詩学」の発送作業である。執筆者、定期購読者、寄稿先への封筒詰め作業が終わったら、それを何枚かの風呂敷でまとめ、少し大きめの台車に載せて、本郷郵便局本局へと持ち込んだ。コーブンもわたしも車の運転はできない。台車は二往復はしただろうか。郵便局への道は、登り坂であった。途中で荷崩れをおこして、道の真ん中で立ち往生したこともあった。わたしは荷台の後ろから、荷崩れを見張りながら歩いて行った。約五年間。その日、たまたま編集部を訪ねてきた友人たちに手伝ってもらったこともあった。

三、父、旅先で倒れる

一九八四年（昭和五十九年）六月七日（土）、「人間詩祭Ⅱ」を無事に終えたコーブンだったが、八月に入って飛び込んできた知らせは出張先の鳥取で父の幸郎が倒れたというものだった。くも膜下出血であった。ホテルの部屋で発見されて、病院に搬送。小康状態を保ってはいるものの、予断は許されない状態であった。

母の敏子は、一九八一年十一月七日（土）にすでに死亡。享年六十六歳。死因は、脳出血であった。父親が倒れたという連絡は弟の幸也からあった。弟は、一九八一年の春先、体調を崩したまま、父の着任地である岐阜で暮らしていたのだ。

入院先は、鳥取生協病院であった。取るものも取りあえず家を出たコーブンは、新幹線と山陰本線を乗り継いで未知の土地に向かった。そのとき、十五日締切の「研究作品」の束を持って行ったことは、手元にあるコーブンからの手紙でわかる。

（横書きで）

研究作品40篇送ります。
氏名住所だけで一枚原稿用紙使っている人は　その分コピーするときはムシし
て下さい　そしてコピー済み次第4人に送って下さい　その際「9月4日（火）
午後7時〜」ということをあらためて明記すること
まだ空は曇っていて風も強いけど　雨はやみ　どうやら台風も過ぎたようです
とにかく　これは急ぎなので、いまから　郵便局に行きます
またね、

幸文

和ちゃん♡

この後、コーブンからの鳥取発の第一便が届いたのは、研究作品の束が届いてからまもなくのことであった。病院の売店で買い求めたのだろう。KOKUYOの縦書き便箋を横書きに使って、およそ六枚にわたり、「詩学」の進行のこと、わたしの新しい詩集制作のことなど、こと細かく書き綴られていた。

8/12　9：50 p.m.

全くもってどういう順番で書いていったらよいのかさっぱり見当がつかないので先ず事務的なことから書いていきたい

○いま手元に約60万円持っているがどうも不安である　幸いに近くに第一勧銀があるので　とりあえずそこに預けておこうと思うのだが　通帳がない　そこでこちらから振込む形にしようと思う　現在飯田橋支店の cash card を持っているのでその口座に振込もうと思うが如何？

○和子の方でお金のことなどで必要があったら、いつでも TEL 下さい

　鳥取生協病院　代表　0857–24–＊＊＊＊

　　◎４F　看護詰所　0857–23–＊＊＊＊

　　　207号室　岡田

「詩学」について

　9月号→責了へ

　　取次に行くこと

10月号→leguler 原稿のトクソク（早いうちに）
①鈴木　中上　②沢好摩　③郷原　④河島
川杉シニカルは9月号で中止
「ことばの力」６人
○阿部岩夫「黒田喜夫」４から６ｐ（トクソクの要）
詩論'84—文憲　or　ねじめ
11月号発注　詩篇　KAT 日録　同人誌
詩論'84

中上　「ライトバース」
11月号の詩論はこの２本だったか知らせてほしい
嵯峨さん栗原さんにはハガキを出すつもりだけど
とりあえずこちらの無事を伝えてほしい
とにかく8月いっぱいはこちらにいたいと思う
幸也も2、3日したらこちらに来るというので
二人で交代でやっていきたい
心配していた肺炎の方もちょっと治まったという

でも　まだまだ目が離せない
早く良くなってほしいと思う
12月号の50選も考えなくてはいけない
そろそろ11月号の台割、至急決めたいので掲載予定、既に決定済みのもの早く知らせてほしい

『最も美しい夏』
○ゲラの入った校友会の茶色い封筒（表に台割の紙貼ってある）の中に印刷割付紙があると思う
　　　割付の図入る
　これに従って責了する（詳しくは栗原さんに聞く）
○通しノンブルは付けてあると思う
　全部で80ｐ5台（奥付の製本所↓永井紙器株式会社）にする
○本文バルキー書籍オフセット四六／Y70kg
○色校は15日すぎ出る↓山本美智代にみせること
なんとも汚い字になってしまった

内容も事ム的なものでつまらない
も少し落ち着いたらマシな手紙も書けるだろう
とにかく　かずこ身体に気をつけること
そして　しっかり勉強すること↓「書くこと」！
『最も美しい夏』の完成が楽しみだ
きっといい詩集になると思う
お祝いにかずこの欲しいものを買ってあげるよ
東京からはずいぶん遠く離れているけれど
いつでも君のことを考えているよ
元気で！

幸文

Ps　朝7：15
　気持ちの良い朝だ
こちらは秋の訪れも早いのかも知れない
小さなテーブルの上で書いているので
昨夜よりは字もましだろう

嵯峨さん　杉敏夫　望月昶考　鈴木志郎康　中上哲夫の住所教えて下さい
『暗夜行路』（上）読了
京都駅前の駸々堂で　1パウルツェラン詩集　2反復（キルケゴール）　3サキ
短編集を買う　吉増剛造の新詩集も立ち読みした
大阪梅田紀伊國屋——詩学8月号一冊のみ
山陰線より見た日本海に沈む夕陽→出雲→入沢康夫

約二カ月弱の間に、コーブンからは十通の手紙が届いた。いずれも「詩学」編集作業のこと、進行しているわたしの詩集のこと、わたしの健康のことなどに触れたものである。

「詩学」進行についての指示は、目にしただけで頭が混乱した。几帳面で読みやすい文字ではあったが、内容が細かすぎるのだ。栗原さんに協力していただきながら、なんとか乗り切ったのだろうか。その頃の一切の記憶が飛んでいる。ただ、途中でわたしがコーブンに送った手紙から、わたしの精神状態が伝わってくる。

なにか一日中「詩学」のことばかり考えています。「詩学」を中心に日々が過ぎていきます。なんといっても遠い鳥取にいる幸文と話しているせいか、だれとお喋りしても（例えば栗原さんと）早口で、あれもいわなきゃこれもいわなきゃって感じで、落ち着かない。それに栗原さんもけっこうそんなところがあって、ふたりで次のことを一緒に喋っているところも、幸文と和子の電話みたいでおかしい。お父さん早くよくなること、みんなで祈っていますよ。幸文も幸也さんもからだに気をつけてください。

’84. 8. 18夕方

和子

Ps　文字も早く書かなくちゃ、みたいなところがあって、乱れる

家にいるのだから、探せば便箋はあるはずなのに、手近にあった出版社のネーム入り二百字詰原稿用紙に書いている。はみ出しながら。しかも、汚い字だ。これをコーブンに郵送した。

「早口で」というのは、当時、遠距離通話の電話料金が非常に高かったからである。特に、ピンク色の公衆電話からかけていると、十円玉の落ちる音が、会話をせかしているように聞こえた。

九月には一度東京に戻って来たコーブンであったが、十月になると、再び鳥取に向かった。父が危篤状態に陥ったからである。

一九八四年十月十一日、父、死去。享年六十三歳であった。葬儀は鳥取で執り行われた。現職の大学教授の、旅先での死去に、岐阜大学からの参列者も多かった。葬儀場はだだっ広い畑の中にあって、白い建物に光がいっせいに集中しているように見えた。二、三年後には、東京農業大学に迎えられる話はそこで永遠に終わってしまった。

一九八六年十二月二日には、わたしの母、延子が気管支拡張症の悪化により死去。享年六十三歳。（そして遡ること、約十年前の一九七七年八月二十三日、七年間の闘病生活の末、肺結核にてわたしの父、勲死去。享年五十六歳であった。）コーブンと出会って五年間のうちに、みんないなくなってしまった。

父の死によって、コーブンとわたしの文京区西片での生活が終わることになる。新たな住居を探す必要が生じたのだ。葬儀のあと、父方の叔父叔母がコーブンとわたしを部屋の隅に呼ぶと「これからどうするの？」とたずねてきた。何をどうするのか、一切の言葉は取り除かれているのであった。言葉はなくても、叔父叔母、コーブンとわたしには通じるのである。問題は、ただひとつしかないからだ。そのただひとつが大きな「これから」の問題なのであった。

次に叔父の言葉はもう一歩前進した。「幸也を然るべきところに預けなさい」と言うのだった。叔父叔母の二人の気持ちはすでにじゅうぶん一致しているらしく、叔父がそう言うと、叔母も深くうなずくのである。そして、今度は叔母が「和子さんが大変だから、そうしなさい」と付け加えた。今度は叔父が大きくうなずいた。

しかし、然るべきところとは、どんなところだろう。わたしはそれを考えるのが厭だった。然るべきところとは、きっと、とんでもなく居心地の悪いところだと想像して、下を向いた。

一方、コーブンは叔父叔母の親切から出ている言葉を否定も肯定もしなかった。

「自分自身が他者からされたくないことを他者に対しても行ってはならない」――これは、マハトマ・ガンジーの言葉だが、コーブンの愛した言葉でもあった。しかし、この言葉を、叔父叔母に言ったわけではなかった。

「三人でよく考えてみます」

コーブンは、親切な叔父叔母にそう答えて頭を下げた。結局は、弟の望むように、といっても両親亡き後、弟の選択肢は極端に限られていたが、三人で暮らすことになったのである。コーブン、幸也さん、わたしの三人の共同生活体制は、一九八五年一月から、二〇一九年十二月九日までの約三十五年間続くことになった。三十五年間とは、考えると長い。しかし、わたしは考えない人間だった。

一九八五年一月末には、新しい住まいでの生活が始まった。都営三田線の始発駅、つまり終着駅でもある「西高島平駅」が最寄り駅となった。この電車に乗れば、詩学社まで、乗り換えはいらない。一本で通えるという立地条件もたしかに得難いが、一番の決め手となったのは、そのマンションが三人で暮らせる最低限の間取りと広さを兼ね備えているからであった。

七三・二四㎡で３ＬＫのわが家である。一月二十四日に正式に所有者（二十代後半の小川さん御夫妻）と譲渡の契約を済ませると、岐阜の官舎からの荷物、西片からの荷物が、この３ＬＫの住まいをめがけて、どっと集まってきた。

「見積りミスだよ」

引越センターのリーダーは、何度もそう言って嘆き続けた。

「まさか押入れにまで、本がぎっしり入っているとは知らなかった！」

段ボールに詰めても詰めても終わりが見えないのである。岐阜から運ばれてきた段ボールの山はリビングを占拠したものの、運ばれてきたまま何カ月も放置されて、手つかずのままであった。どこから手をつけてよいのか、皆目わからなかったからである。

マンションは築五年の中古住宅であった。価格は、二〇五〇万円と当時のチラシに書いてあった。これに、引越費用、契約に伴う諸経費を合わせると二五〇〇万円はどこかに消えてしまった。もちろん、お金はすべて、父が払ってくれたことになる。これから先、月々の弟の小遣いもまた。とにかく、行けるところまで行くという、三人の船出が始まったのだ。

新居の住所を知人たちに伝えると、「都落ちですか?」と冗談半分でからかわれたこともあった。夕暮れどき、駅を背にして歩いていると、トラックやダンプカーなど大型車が土煙をあげて走り去って行った。

「ここは地の果てアルジェリア
　どうせカスバの夜に咲く」

唐突に流行歌のサビの部分が口を衝いて出てきた。「カスバの女」という曲であった。行ったこともない、アルジェリアの市街「カスバ」を身近に感じた。

四、「詩学」との別れ

例年「詩学」六月号では、「H氏賞・現代詩人賞」特集号を組んでいた。編集部からは、選考に当たった詩人たちの写真を載せるために、会場に出向いて行くのが習わしであった。

一九八七年（昭和六十二年）三月十四日（土）のことであった。

場所は、日本出版クラブであり、始まりは、十三時からであったと、その年の「詩学」六月号に記録されている。選考が終わった後、別室に待機していたコーブンが部屋に入ると、男の大きな声が聞こえてきた。

「お前なんか、かあちゃんの尻に敷かれているんだろう！」

その声は、コーブンめがけて飛んできているのがわかった。「かあちゃん」とは、わたしのことである。

いきなり、自分に向かって飛んできたその言葉とコーブンはどんなふうに対面したのか。まず「かあちゃん」という言葉に驚いたはずだ。次に「かあちゃん」が、わたしのことを指していることに気づいた。ただ、コーブンには、その言葉と付き合う余裕はなかったはずだ。編集部としての任務がある。顔写真を撮らなければ、帰れない。帰ってきたコーブンは、疲れ果てていた。

男の名前は、片岡文雄であった。わたしの入っていた同人誌「開花期」の主宰者でもある。

「そのとき、他の人はどうしていたの？」

「他の人もみんないっせいにこっちを向いたんだよ」

「誰も何も言わなかったの？」

「うん、何も言わなかった」

安藤元雄、井坂洋子、菊田守、郷原宏、中島可一郎、原崎孝の各氏が当日の他の選考委員であった。勢いよく飛んできた「かあちゃん」という言葉に出会ったものの、その言葉にはひと言の反応もないコーブンを目の当たりにしたはずだ。

ムイシュキン公爵＝コーブンを、わたしは守れなかった。守るどころか、事の発端はこのわたしではないか。わたしと暮らしているばかりに、受けた言葉の礫《つぶて》であった。

わたしはコーブンを守りたい、と思ってきた。けれども、わたしは守り方を知らない。それどころか、コーブンが何も言わないことで、結局はわたしが守られているという道筋に行き着くことがわかる。コーブンは、言葉の礫を受けながら、わたしを守り続けてくれたのだった。

コーブンが「詩学」編集を任されたのが一九八三年半ばであり、八四年、八五年、八六年、八七年と、この時点で四年の歳月が流れていたことになる。

一九四七年八月に創刊されて以来、四百号続いた理由と結びついた、雑誌の持つ性格は侮れない。

しかし、コーブンはなんといっても、ビートルズ世代、なかでもジョン・レノンにいろんなことを教わって生きてきた人間である。そのコーブンが「詩学」という「戦後の詩壇を牽引してきた」歴史を持つ雑誌を任されたらどうなるか。半ば予測されたことではなかったのか。そして、四年も経過すると、予測は現実になった。誰の目にも明らかになって、目の前に現れてきたのだ。

嵯峨氏への直訴もあったようだ。これまで「詩学」を支えてきた詩人たちからすると、納得するわけにはいかない「詩学」の心変わりであったからだ。彼らの「詩学」愛が、くすぶりはじめても不思議ではない時期でもあった。

一方で、税理士の児玉智子氏からは首を傾げられていた。

「誰かが補填しない限り、この会社はとっくに倒産していますよ」

その誰かとは、コーブン以外にいないということも児玉さんにはわかっていた。数字のプロフェッショナルの目からは、一目瞭然なのである。なにしろ入社したときには、切手を買うお金もなかった。まして、印刷所や製本所への支払いが滞り、督促を受けたことも数え切れない。

コーブンから留守番を任されて事務所にいると、業者の人から「いつ支払ってくれるのか連絡くれるように伝えておいて」と、言いにくそうに、ただし、きっぱりと宣告されたことがあった。真剣な目が、これ以上は待てないと言っていた。コーブンの給与は未払いのまま、やり繰りが続くことになった。

その一方で、コーブンは誌面の活性化を自らに課していた。詩のために何ができるか、たえず新しい企画を考えて、実行に移す努力を続けた。

小説や評論の世界と比較しても、詩の雑誌の継続的刊行は厳しい。それは、詩書経営に携わった者なら誰もが直面することだ。コーブンもそれはわかった上で詩学社に入ったのである。だからこそ、仕事量は減らしたとはいえ、夜半のアルバイト（凸版印刷所での校正）も続けていた。

突然なのか、来るべくして来たのか。ついにその日が訪れた。

一九八八年の夏の一日であった。わたしはコーブンの手伝いのため、詩学社にいた。嵯峨氏の他にも何人かが集まっていた。その人たちの名前も、集まっていた名目もすべてきれいに忘れてしまったが、わたしはいつものようにお茶を出した後、畳の部屋に座っていた。座ったわたしの目の前には小さな金庫があった。深緑色の、どこの文房具店にも置いてある、ありふれた金庫である。狭い部屋の中で、わたしは金庫を前にして座っていた。下を向けば、そこに金庫が置いてあった。そして、わたしは下を向いていた。

不意に視線を感じたわたしは、顔をあげた。視線の先には嵯峨氏がいた。わたしと嵯峨氏の目が合ったとき、わたしは突然、息苦しさを感じた。

「岡田君、ちょっと」

嵯峨氏はコーブンを呼ぶと、ひと言ふた言何かを言った。何を言われたのか、わたしは知らない。けれども、わたしは感じたのである。嵯峨氏から何かを言われたコーブンは、わたしの方に近づいてきた。しかし、何も言わなかった。口を開いたのは、わたしの方であった。

「コーブン、詩学を辞めよう！」

わたしは、わたしのこの言葉をずっと待っていたのだ。きっかけは何でもよかったのかもしれない。ここ数年、わたしは息をひそめて生きていたのだ。苦しかったわたしは、この夜、やっと息を吹き返したのである。

「わかった」

コーブンは、そう言った。

「ほんとうにいいの？」

わたしは念を押して聞いた。

「いいんだよ、ほんとうに」

コーブンもまた、わたしの言葉をずっと待っていたのだろうか。躊躇《ためら》いはなかった。

コーブンが生き方をビートルズに教わったとしたら、わたしが教わったのは、どちらかといえばマルクスであった。

君は愛をただ愛とだけ、
信頼をただ信頼とだけ、
その他同様に交換できるのだ。

（カール・マルクス『経済学・哲学草稿』「貨幣」より）

ビートルズ、そして、どちらかといえばマルクスを先生に持つ二人の生き方と、詩学社の生き方と。選ばなければならないときが来たことを知った。コーブンに迷いはなかった。

「詩学を辞めます！」

詩学社を辞めたコーブンは、辞めた理由について、誰にも話さなかった。話したとしても、理解してもらえるとは思えなかったが、ここでもコーブンはわたしを守ってくれたのだ、といまならわかる。詩学社を辞めるきっかけの一つが、積み重なった息苦しさにわたしが耐えられなくなったのだと知ったら、非難はわたしにも向けられたかもしれない。コーブンは、沈黙を守り、わたしを守ってくれたのだ。

ただ、その後嵯峨氏から怪文書が出回っているということは何人かの詩人から聞いて知っていた。詳しい内容は知らなかった。知りたくもなかった。一様に気の毒そうな顔をしていたことから、だいたいのことは察しがついたのである。

詩学社を辞めて約十年の歳月が流れた。一九九七年十二月二十八日、嵯峨氏が亡くなった。九十五歳であった。そして、間髪いれずに奇妙な記事が「現代詩手帖」（一九九八年二月号）に掲載されたのである。コーブンは、事実とは異なる一文を活字化した編集部宛に抗議文を送った。記事に対する訂正・謝罪を要求したものである。この顛末は「詩の新聞 midnight press　第21号／一九九八年三月二十二日発行）の「ミッドナイト・ヴォイス」に掲載した。後にも先にもただ一度だけ、詩学社退社時のいきさつについて触れた、コーブンからの発言であった。

＊以下は、不愉快なことなのであまり書きたくないのだが――実際、これまで一度も書いたことはない――、一度は書いておくことも必要かと思うことがあったので書くことにした。
　個人的な話で恐縮だが、80年代のある時期、僕は『詩学』という雑誌の編集に関わっていた。その主宰者とは学生時代に知り合い、信頼していたのだが、編集を進めるにつれて、次第に考え方において齟齬をきたすようになった。異和が極まったとき、僕は辞表を提出した。十年前のことだ。

　話は、これですめばよかった。ところが、僕が『詩学』を辞めてからいろいろと噂を聞くようになった。それは根拠のないデマゴギーだった。しかし、僕はこれらの噂について一切、沈黙を通した。付き合えば、相手のレベルに落ちてしまうのが耐えられなかったからだ。

ただ、『詩学』を辞めるまでの時間、そして辞めてからの時間——これらの時間、経験は僕を鍛えた。実に、いまもなお鍛えている。これらの経験が、いまのミッドナイト・プレスをつくったといっても過言ではないだろう。

だから、『現代詩手帖』２月号を読んだとき、僕は驚いた。そこで、次のような手紙を書いた。

前略

今日は『現代詩手帖』２月号を読んでいて、容認しがたい箇所がありましたので、お手紙を書きます。

その箇所とは、貴誌２月号109ページ「スクランブルスクエア」中、嵯峨信之に関する記事、すなわち「若い編集者を二度、二人も退職させたのも、経理面で不審を抱いたのが原因だったという」の一文です。

この一文は、名前が書かれていませんが、読む人によっては明らかに特定できるように——すなわち、大西和男、岡田幸文の二人——書かれています。

これは事実とは全く異なります。

ひとつは「退職させた」のではなく、岡田自らが辞表を提出したこと。いまひとつは、「経理面で不審を抱いた」のは、嵯峨信之の臆測、臆断によるものだ、ということです。

「事実はどうであれ」とか「……という」などの臆測によって、このような事実とは異なる一文が活字にされたことに対しては、正当に抗議する権利を有するものと信じます。

つきましては、この記事の訂正、謝罪記事を貴誌3月号に掲載することを求めます。また、今後、このようなことが繰り返された場合はしかるべき措置をもって対処することをお伝えします。

さらに、このお手紙を貴誌に配達証明で送付したことを近刊の〝midnight press〟21号にてあきらかにしたいと思います。

以上、ご配慮いただければ幸甚です。

早々

1998年2月1日

ミッドナイト・プレス　岡田幸文

『現代詩手帖』編集部
小田康之様

この書面に対して、小田康之氏から「早速次号（略）で、……（略）……という申し入れがあったことを明記し、謝意を表したいと思います」という返書をいただいたので、これ以上加えることはないのだが、これからも、このような事態が発生する限り、しかるべき対応をしていきたい。

人は、右のようなことをどう思うのか僕にはわからない。ただ、この経験は、傾向というものに対して多少なりとも勉強させてくれる機会ともなった。

はじめにも書いたように、このようなことを書くのは自分自身、不愉快でならない。前進するのみだが、ひとつの機会が与えられたのだと解釈したい。

（以上「ミッドナイト・ヴォイス」より）

わが家では、嵯峨信之という単語は禁句であった。わたしが、その名前を口にすると、どうしても、感情がほとばしる。

「君には、その名前を口にしてほしくない。君にはふさわしくない」

コーブンは、コーブンの方法でわたしの怒りを鎮めてくれた。ジョン・レノンの生き方と並んで、マハトマ・ガンジーの生き方を愛したコーブンであった。人間の品位と威厳を何よりも重んじて生きたコーブンにとって、かつて信頼した者から受けた、身に覚えのない屈辱は想像を絶するレベルだったはずだ。コーブンに比べると「血の気」の多いわたしには、「そんなことを言うと、相手のレベルに落ちてしまうから」という言葉を使って戒めてくれた。言挙《ことあ》げを決して自らに許さなかったコーブンの無念を思うと、わたしはいまでも心が震える。

詩学社を退社してまもなくのこと、東京新聞の長寿コラム「大波小波」に「詩壇の病」と題する記事が載っているのを、同紙を購読している伊藤康司さんが目にし、切り抜きを送ってくれた。

「詩学」といえばH氏賞・現代詩人賞の発表誌でもあり、すでに御大の域にある詩人・嵯峨信之を発行人として、同人誌中心の詩壇では数少ない〝公器〟である。ところがその〝公器〟のことで詩壇がザワついているようだ。八月号の編集後記を読むと、自ら詩人でもあり編集を実質的に一人でやってきたO氏と、嵯峨との間にトラブルが発生して、Ｏ氏が退職したことが伝えられている。

たかが編集者一人が辞めたことでどうしてザワつくかと言えば、このことで詩壇の病が吹き出たからだ。そもそも「詩学」は〝公器〟とはいえ、原稿料もない雑誌である。

詩人のボランティアといえば聞こえはいいが、原稿料のない雑誌にゆがみができやすいのは必定である。編集にも大きな制約が生じよう。そんな中でこの間のＯ氏の「詩学」編集ぶりは意欲的な若手を起用して、それなりに健闘していたと評せよう。

今回の騒ぎは一部のボランティア詩人たちの突き上げが原因とウワサされる。彼らは若手の起用によって、自分たちのテリトリーがおかされたと感じていたらしい。そのことは八月号で、ある若手詩人が現代詩人会（Ｈ氏賞等の主催団体）のあり方を批判していることからもうかがえる。確かに誌面でこんな批判をされたのでは、発行人も困るだろう。しかし問題は、原稿料のない雑誌が〝公器〟として流通しているという、詩壇のあり方それ自身なのである。（好奇）

一九八八年八月二十日（土）の夕刊であった。この筆者の、詩との関わりは知る旨もないが、俯瞰する目は持ちながらも、何かが欠けていた。詩は、生きのびなければならない。「原稿料」云々の次元では語れない問題なのだ。コーブンは、早くからそこに気づいていた。詩が生きのびる道を、果敢に模索していたのである。

この一点をもってしても、嵯峨氏の怪文書は、「大波小波」の次元にとどまっていたのである。「詩学」（一九九八年三月号）では、谷川俊太郎氏が嵯峨氏への追悼文を寄せている。

> （略）ある詩の賞をとられたとき、受賞式の会場で、つと私のそばに来られて、小声でてれくさそうに「きみ、ぼくはね金が欲しくて受けたんだよ」と嵯峨さんは言われた。そのとき嵯峨さんが正直だったことを私は疑わない。詩人にも定年があると称して私は近ごろ詩を書いていないが、嵯峨さんはむしろ年をとられてからいい詩を書かれた。私などよりはるかに世間を知っていたはずの嵯峨さんが、晩年に至るまで詩への情熱を失わなかったのを私は不思議なことのように思っている。あるいは詩によってバランスをとるしかないくらいに、嵯峨さんは俗な現実に苦しめられていたのだろうか。
>
> （含羞のプレイ・ボーイ）

「ある詩の賞」とは、第四回「現代詩花椿賞」（資生堂）のことである。一九八六年六月、詩集『土地の名〜人間の名』が受賞。コーブンもまた「詩学」編集長として、その式に列席していた。

「俗情との結託」という言葉がある。

ふとした折に浮かぶ言葉だ。誰かを標的にすると必ず喜ぶ者たちがいる。特定はできなくても、連帯を求めて送られる薄汚れたエール。それを目にしたり耳にしたりするとき、「ああ、自分が標的でなくてよかった」と安堵してはならない。そんな者とは「結託」してはならない、はじめから。

嵯峨氏の怪文書に意を強くしたのか、金銭に照準を合わせた「俗情との結託」があったことも、参考文献として紹介しておきたい。

詩人になるには、いくらかかるか

（略）山本かずこ詩集『リバーサイド ホテル』がマガジンハウスから出た。女

> 性と都市のふれあいを、〝誰にもわかる〟ことばでうたうソフトな現代詩。定価の安さ、版元の意気込みからして一万部は刷ったかと思われるが、過去に著者は五冊の〝現代詩〟集を自費出版、詩人なら誰にも身におぼえのあることをしているから、収支を合わせるのはまだまだ先ということになる。（略）

　紹介した文章は『ロマンのページにパーキング』（一九九〇年刊／毎日新聞社）に収録され、その後『続・荒川洋治詩集』（思潮社現代詩文庫）にも収められている。紹介文の前後には、自費出版を中心に、お金に的を絞った文章が、細かい数字と共に埋め尽くされている。「お金、お金、お金」の文章の真ん中にわたしの名前を出すことで、気がすむことでもあったのだろうか。

　それにしても、わたしの名前は、わたしに断りもなく、呼び出されるままに、ただじっと座っていたのか。「お金」まみれのその場所で、身動きもできないままに。

『リバーサイド　ホテル』以外のわたしの詩集は、すべてコーブンの手によって刊行された。「君の詩集は、僕が出す」。そう言ってくれたコーブンの言葉に励まされて、わたしは詩を書き続けてきた。

幾つかの賞の対象にもなったが、賞とは無縁であった。
『愛の力』
第十回現代詩女流賞　候補
『ストーリー』
第十二回現代詩女流賞　候補
第三十八回　H氏賞　候補
『思い出さないこと　忘れないこと』
第十六回　現代詩花椿賞　候補
第六回　萩原朔太郎賞　候補
第二十九回　高見順賞　候補
『いちどにどこにでも』
第一回　三好達治賞　候補

そして、先年（二〇二一年）十月、『恰も魂あるものの如く』で、第二十八回丸山薫賞をいただく。発行人はわたしだけれども、収録したほとんどの詩が、コーブンに励まされて書き続けた作品であった。

*

二〇二一年四月四日（日）、わたしは代官山駅の改札口を出た。こんなおしゃれな街に住む知人といえば、わたしの場合、ただ一人しかいない。守さち江氏である。守さんは、改札口まで出迎えてくださった。お会いするのは、約十五年ぶりだ。いまのお住まいを訪ねるのは、これで二度目。ずいぶん久し振りになるが、守さんは変わらない。派手な挨拶とは無縁の人である。

　速記者、守さち江さんは、仕事人であった。守さんの協力を抜きにして「詩学」の「研究作品合評」の精度を語ることはできない。一九八三年から二〇〇六年の約二十三年間、守さんは、詩学社に通った。毎月決まった席に座り、速記の手を動かしていた。コーブン退社後も変わらなかったはずだ。その姿は、いまでもはっきり目に浮かぶ。消えることはない。

　ところで「神田川」の鰻重は、その後どうなったのだろう。「鰻重」担当係のわたしとしては気になってたずねてみた。

「近所のお鮨屋さんから出前をとったり、お蕎麦屋さんに食べに行ったりしましたよ」

守さんは「その後」について話してくれた。淡々とした口調で、事実のみである。守さんは変わらない。余計なことは、一切言わない。

守さんが詩学社に通った二十三年間は、岡田幸文（一九八二年〜一九八八年）、篠原憲二氏（一九八八年〜二〇〇二年）、寺西幹仁氏（二〇〇二年〜二〇〇七年）と、「詩学」編集人の移り変わった歳月でもある。ただ、編集現場の常として、引き継ぎなど重なる時期は当然あったはずだ。正確な線引きはわたしにはできないが、たとえば「詩学」編集後記（二〇〇二年十二月号）の篠原氏の一文から、十五年間の経過を知ることになる。

「（略）さて、今回をもって私の編集後記は一区切りつけたい。書き始めてもう十五年になる。次への歩みを始めようと思う。」

詩学社の事務所が、本郷から湯島に移ったのは、いつだったのか。同号編集後記に「季節はすすみ、枯葉舞うこの頃となった。新しい事務所にも随分となじんで来た感がある。（略）」と書かれていた。

二〇〇七年九月十三日（木）の昼下がり、コーブンとわたしは湯島の詩学社事務所を訪ねていた。

「『詩学』のことでご相談したいことがあります。お目にかかりたいのですが」

寺西氏から電話を受けたのが八月末であった。待ち合わせた場所で立っていると、坂道の向こうから、寺西氏が歩いて来るのが見えた。晴れていて、陽炎が揺れていた。寺西氏には、半ズボンが似合っていた。

部屋に入ると大型コピー機がわたしの目に入った。なにしろ「研究作品合評」とコピー機は、切っても切れない間柄だ。しかし、この際、コピー機のことなど、どうでもよいことなのだ。

問題は、とっくに煮詰まっていたのである。それを誰よりもわかっている寺西氏は、今の詩学社の現状を静かに切り出した上で、詩学社を譲渡したい、とコーブンに申し出た。

たしかにコーブンにとって「詩学」は特別な雑誌であった。「詩学」が嫌いになって、「詩学」から離れたわけではなかった。

寺西氏にはそれがよくわかっていたのだろう。しかし、渡された債務の額は、すでにして手に負えるものではなかった。個人の名前も何人かあがっていて、債務額を合わせると大変な金額となっていた。三日後の、九月十六日、コーブンは寺西氏にＦＡＸをした。

（横書きで）

寺西幹仁様

冠省

このたびの「詩学」譲渡の件ですが、熟慮の結果、お引き受けできないことをお伝えします。

　理由は、先日もお伝えしたように、「詩の雑誌 midnight press」を休刊して、毎月約40万円の借金を返さなくてはならない状況で、寺西さんの申し出にはとてもお応えできるものではありません。

　いま、「熟慮の結果」と書きましたが、先日、債務内容を見た瞬間、これはだめだと思ったことも事実です。朝日信金426万円、国民生活金融公庫93万９千円の債務額は想像を超えるものです。

　僕も「詩学」をやっていたので、だいたいのことは想像できますが、僕がやっているときで、業者への支払いが溜まったときでも200万ほどだったと思います。

嵯峨さんに毎月15万円渡すことは絶対事項であり、そこに業者への支払いが加わるわけですから、誰かがお金を捻出しなければ「詩学」は立ちゆかなくなるのは誰の目にも明らかなことでした。その誰かとは、僕以外にはいないわけで、その苦しいなかでも、債務が200万円を超えたことはなかったと思います。「詩学」の定価（当時は600円）、事務所の家賃（当時は8万円ほど）、原稿料を払わない方針、自費出版の点数など、考えても、それが妥当なところでしょう（当時の僕の給料は10万円でした）。そこから考えると、この想像を超える債務を招いた事態には疑問が残りますし、やり方に問題があったと考えざるをえません。

　先日は、可能であれば「詩学」だけでも救いたいという気持ちで伺いました。あのとき申し上げましたように、「詩学」と詩学社を切り離して考える方法です。学生時代から「詩学」を見てきた僕としては、今回の事態は、つらいものですが、いまの自分にはなすすべがありません。僕自身、残念に思うばかりです。

　以上、とりいそぎ、お返事まで。

匆々

2007. 9. 16

二〇〇七年（平成十九年）十月、詩学社自主廃業。同年十一月二十七日、脳内出血にて事務所で倒れ逝去。享年四十七歳。

（『詩と思想』二〇〇八年十二月号「寺西幹仁略歴／立野雅代編より）

＊

寺西氏が亡くなられたのは、湯島でお会いして、わずか二カ月後のことであった。あの債務額からすると、コーブンへの連絡は「譲渡」打診はさることながら、「詩学」がまさに瀕死の状態にあることを、自主廃業の前に伝えたかったたし、また、知ってほしかったのだと思えてくる。

第四章

新宿ワシントンホテル会議室「高尾」にて。谷川俊太郎氏に
midnight press と揮毫していただく（2000 年 7 月 10 日）

一、「詩の新聞 midnight press」創刊

一九八九年は、平成元年に当たる。昭和が終わった一方で、世界的には、ベルリンの壁が崩壊した年でもあった。東西ベルリンは二十八年もの間、分断されていたのだ。「詩の新聞 midnight press」は、まさに平成と共に始まったことになる。その後「詩の雑誌 midnight press」「midnight press WEB」を経て、二〇一九年（平成三十一年／令和元年）十二月九日まで、コーブンは詩と共に平成の時代を駆け抜けた。

（横書きで）

和子へ
ただいま3：40 a.m.　3：00すぎ　taxiで凸版を出て首都高で来た、早いものだ
着いたのはいまから10分位前で、既にビール一本呑んでいる　多分、あと一本、
いまから呑むだろう

眠れないのだ、すぐにベッドに入って眠る気にはなれないのだ
ビートルズは歌った――一日中犬のように働いて、家に帰ったら丸太ん棒のように
ブッ倒れて眠ってしまうんだ、と
この歌に比べると、凸版Droomの仕事は恵まれているのかもしれない　家に帰ってビールを呑んで、おまけにこんなことまで書けるのだから
先ずひとつ――

こんな時間に帰ってきたのだから
明日は夕方出勤にしてほしい
杉山さんのTELを待ってそう言ってもらってもよいが（多分、僕はヒルまで寝ているだろう）、朝、杉山さんの家0423（67）＊＊＊＊にTELして、事情を伝えてもらえるとありがたい。その方が杉山さんも早く予定を組み立てられるだろうから……
いずれにせよ
僕は1：00ゴロに起こしてほしい
凸版は夕方より可としてほしい

金ヨル――児玉さん
土ヒル――ＭＰ talk
日――カード校正↓月とどけ
火――本せいり
このスケジュールは厳守！
そうだ、起きたら清光さん　羽矢くんにも TEL したい

今日、太宰の実朝を読んだ
面白かった
いや、僕はこの太宰全集６において、はじめて太宰と出会ったと思った
実朝をアタマに
この６巻に入っているのはみなおもしろい
あと、吉本さん、柄谷にも letter 書かなきゃいけない
今日の午後をそれにあてたい

ビールがまわってきたので
ビンセンの一枚目に比べると
字が汚くなってきた
もう書くのはやめた

'89. 3. 16（木）

便箋三枚にわたって書かれたわたしへの伝言である。ブルーブラックのインクの文字で横書きだ。一枚目の文字は、たしかに整然としている。また、コーブンは、日付を書かないことも多くあった。この日の便箋にも日付がなかった。だから、日付を書いたのは、わたしだ。おまけにいちいち曜日まで書き記している。

詩学社を退社したコーブンは、凸版Dルームの職場に完全復帰した。秋葉原から首都高速を使えば、二十分ほどで帰り着いた。公共の交通機関運行の終了時には、職場からのタクシー券の支給があった。一九八六年十一月頃から始まったバブル景気も、まだ終わりを迎えてはいなかった。

● 「杉山さん」というのは、Dルーム校正メンバーのスケジュール調整をされていた方である。ご本人も校正者である一方で、史実研究家でもある。

●「児玉さん」とは、税理士の児玉智子さん。金曜夜には、新宿駅ビルの喫茶店、プチ・モンドでお会いすることになっていた。

●「MP talk」とは、「詩の新聞 midnight press」の座談会のことである。

●「カード校正」とは、知人から発注された校正仕事。

●「清光さん、羽矢くん」は、大学時代の友人である。

●「吉本さん、柄谷にも」とは、原稿依頼を指している。

これらのメモは、わたしとスケジュールを共有するために書かれたものであった。「詩の新聞 midnight press」創刊号は、この年の一月三十一日発行。四カ月に一度の季刊という発行形式とした。同編集後記には、「季刊の新聞というスタイルを選択したのは、経済的理由によるところが大きい。だが、一方で分厚い文芸雑誌が月刊される現在の流通のあり方とは違った場所でやっていくスタイルもあるのではないか、と考えたことによるところも大きい。」と書いている。

この「後記」に、コーブンはすでにして「追憶」という言葉を使っている。「西暦二〇〇〇年まであと十一年という一九八九年、私たちは、詩の新聞〈ミッドナイト・プレス〉を創刊する。二十一世紀の詩の追憶を語るために。」と、コーブンの「後記」は、「予言」の言葉として書き残されているかのようだ。

創刊号には、谷川俊太郎氏に聞く――として、新詩集をめぐってのインタビューを試みた。詩作品　辻征夫「ひるのつき」ほか、福間健二「けさの話」、巻頭エッセイに　松下育男「十年後の詩集」さらに小沢信男、野沢啓、松浦寿輝、岩木誠一郎、松崎義行、根石吉久、奥成達、くぼたのぞみ、川岸則夫などの執筆陣が加わった。

判型は、Ｂ４のタブロイド版の二つ折。頁数は創刊号以降、次のとおりとなった。12 12 16 16 16 12 20 22 22 24 22 24 28 26 21 28 32 20 20 24 18。刷り色は、ミッドナイト・ブルーとした。ただ、20号、21号の終刊号はスミ色となった。

「今度、創刊する新聞の広告を募集しているんですよ」

打合せ終了後、田村雄司氏に話すと、

「社長に言ってみたら」

とアドヴァイスされる。社長とは「奥社長」のことである。約三年間の会社勤めの後、フリーランスの取材ライターとして独立したわたしは、退社後は、契約記者として仕事を受けていた。

「山本さんが頼めば、一万円くらい喜んで、ポケットマネーで出してくれるよ。午後よりは、午前中だね。十時から十二時までの間に来ればいいよ。社内にいる確率が高いからね」

元・同僚でもある田村氏は、親切に教えてくれた。ポケットマネー広告も、集まれば立派な制作費の一部となった。

パソコン・スクールwork bura　トウトウベ　ワニ・プロダクション　掘内精版所（フォト・エンジニア）　新風舎　あざみ書房　株式会社三修　筑摩書房　マガジンハウス　マダム・シルク　イメーヂ　ダゲレオ出版　イマジン　角川書店　大村書店　人文書院　童牛社　白水社　学藝書林　ミシナ動物病院　深夜叢書社　スリーエーネットワーク等々。

新宿ゴールデン街の「イメーヂ」をはじめ、酒場の広告はコーブンが、いかにも職場つながりの広告は、わたしがそれぞれ窓口となった。税理士の児玉さんの口利きによる企業広告もあった。なお、出版社広告は、執筆者の著書紹介を兼ねたもので、広告費用と結びつくものではなかった。

発行部数は約千部。販売方法は、主に直接定期購読者方式をとった（新聞形式のため、その方法しかとれなかった）。定価は十五号までは三八〇円、十六号からは四五〇円とした。定期購読者が三〇〇〜五〇〇人だとしても、送料など含む制作実費で、最初から「採算度外視」の道に突入したことは、わたしにもぼんやりとわかった。考えないからぼんやりだが、考えればはっきりとわかったはずだ。コーブンにわからないはずはなかった。しかし、その件について、どうするこうするといった具体的な案はまったく出なかった。

　手元にある三和銀行（のち、三菱東京ＵＦＪ銀行→三菱ＵＦＪ銀行に名称変更）の通帳によると、一九八九年四月のコーブンの収入は、五八万七、七七八円となっている。この金額の大部分は、凸版の校正仕事を中心に振り込まれたものだ。そこに、わたしの収入が月に一〇万円ほど加わった。

「詩の新聞」の定期購読費は、郵便局の振替口座に入るようにしていた。入出金の動きが銀行通帳への入金とは混ざらないように、最初から一線を画したつもりだったが、入金は少なく、残高は常に乏しかった。制作費用に充当できる額ではなかった。

*

　永福町日記→本郷西片日記→クレール日記と大学ノートの表紙に記してある。コーブンとわたしの文字である。ここに、新聞の切り抜きや映画の半券を貼りつけたり、メモをテープで留めていたり、気分が向いたら、何かを書き残したりする。詩学社を退社し、元の職場に戻り、「詩の新聞 midnight press」を創刊したコーブンの「いま」が伝わってくる日記である。たいていが横書きである。読みかえしたくなって、開いてみた。

5. 28 1:30 a.m.

ＭＰの詩集の校正ゲラ、気になり、チェックを続けていると、あっという間にこんな時刻だ。

僕は、和子の日記を読むのが好きだ、こんなエクリチュール（――こんなときにこそ、このコトバは似合うのだろう）は和子独自のものであり、僕はすでにエクリヴァンにはならないことに気がつかされる。

ところで、いま、ケムプのモーツァルトｋ331を聴いている、このトルコ行進曲の第三楽章　ケムプの演奏もすばらしいが、この旋律をかつてこんな風にきいた

ことがあったろうか

中学のときの共通鑑賞曲だったか、とにかく十代のころより親しんできたポピュラーな曲である、しかし、いまの僕はこのｋ331をポピュラーな小品としてきいていない自分に気づくのだ

ヴィスコンティの何の映画だったろう、丘の上のブルジョアの家からこのトルコ行進曲が流れてくる

そのシーンが実に象徴的な気がする　ｋ331がブルジョア的というのではないつまりこのメロディの「あきらめのあかるさ」――これは関根明のコトバだが――というか、何かふっ切れた宙ブラリンのうわの空というか、とにかくふっ切れかたが、いまの僕にはしみるのだ

そしてケムプのピアノもよい、ピアニスト――ピアニズムがわかるようになったのも、これもまた年齢のせいだろうか

自由に生きたい
これが　いまの僕の不可能なるテーマだ

k331をききながら
僕は思う

コーブン三十八歳十カ月の「日記」である。五月二十八日（日）未明には「平和」な日々が続くことを疑いもしなかった。いま、読めばはっきりとわかる。束の間の「凪」の後、コーブンを待っていたのは超弩級の「荒波」であった。

六月に入ってまもなくのことだ。

「コーブン、いる？」

詩友、根本明氏からの電話であった。コーブンは凸版に仕事に出かけていた。

「すぐに電話をかけてくるように言ってくれる？」

根本さんの口調から、急いでいることが伝わってきた。教わっていた番号に電話をかけると、すぐにコーブンに繋がった。その場で根本さんに電話をかけることができたのだ。

このタイミングが少しでもずれていたら、この話はどうなったのだろう、と思う。

一つ、そのとき、わたしは在宅していた。仕事の打合せもなく、郵便局にも出かけず、買物にも行っていなかった。

一つ、コーブンは席を外していなかった。

さっきまでいたのに見当たらない、ということはよくあることだが、そこにいた。

一九八一年六月二日（火）の、コーブンとの出会いのように、何だかわからないものの、自分が無理矢理在宅していたわけでもないし、コーブンがトイレに立つ時間を調節したわけでもないのに、偶然の出来事が重なることで、翌日、コーブンは面接に行き、その場で採用が決まり、職場が変わることになったのだ。

根本さんが急いでいた理由は、打診してきた先方が急いでいたからである。急ぐあまり、根本さん以外の人にも声をかけていたが、速攻において、根本さんが他を上まわる結果となった。

二、新しい職場、そしてインド旅行

凸版Dルームのチラシ校正から、集英社の校閲部へと移ったのは、あの「日記」を書いてまもなくであった。

手元の通帳によると、一九八九年（平成元年）七月五日（水）には、最初の入金が発生している。その日付から、六月なかばには新しい職場に入ったことがわかる。

週刊誌の校閲・校正がコーブンの仕事となった。毎週火曜日発売（二〇二〇年からは、毎週月曜日発売に変更）の週刊誌で、半世紀以上経ったいまも続いている同社の看板週刊誌である。午下がりに家を出て、編集部に詰める。原稿のあがり次第では、夜半も待機し、明け方近くに帰宅することもあった。

火曜日から金曜日の週四日の実働ではあったが、凸版Dルームの職場との大きな違いは、勤務時間ではなかった。都合が悪くなったからといって、代わりに出てくれるメンバーはいないのだ。もちろん、他にも校正者はいた。ただ、その二人にしても、コーブンと同じ条件であった。コーブンは、これまでのように、ウィークデイにある、朗読会や詩の催しのほか、コンサートなどには一切行くことができなくなったのである。しかも、「詩の新聞 midnight press」に充てられる時間は、土、日、月といった、週のうち三日に限られた。

「自由に生きたい」と願ったコーブンであったが、「自由」からますます遠去かる道を歩みはじめていた。さらに、この道は、容赦のない道であった。立ち止まることも許されず、横道にそれることも叶わない、ただ前に進む以外に選択肢のない道であった。視界すら定かではなかった。

心許ない道ではあったが、その道には、伊藤秀臣氏がいた。週刊誌校閲部の編集長であった伊藤氏は、コーブン直属の上司に当たった。元中学の国語教師の経歴を持つ伊藤氏は、コーブンより十歳ほど年上であった。伊藤氏はコーブンに、週刊誌校正の「いろは」を徹底的に教え込んだ。

一方で、言語に対して真摯な姿勢を崩さない伊藤氏は、すぐに見抜いたようだった。言葉の使われ方に対する妥協のなさ、厳格なこだわり、コーブンの資質のなかに、自らを見たのである。

お酒を愛するところも、コーブンと気持ちが通じ合った。金曜日には、仕事が終わると、新宿ゴールデン街に行き、何軒もはしごをするという飲み方であった。コーブンもまた、週末には、明け方近く、タクシーで帰宅することになった。
それまでカラオケに行くこともなかったコーブンが、新宿ゴールデン街ではじめて歌った曲がビートルズの「イエスタデイ」であった。その後、持ち歌に「兄弟船」（鳥羽一郎）が加わった。伊藤氏は「さようならは五つのひらがな」（ロス・プリモス）をいつも歌われた。

並行して「詩の新聞 midnight press」の発行も順調だった。第九号（一九九一年五月三十一日発行）の発送を無事に終えた後、コーブンは「日記」に向かっている。

（横書きで）

1991. 6. 3
昨日は梅雨入りだった
十年前の6月2日、新宿西口交番前で僕は
和子とはじめて会った
はじめて会ったその夜、

新宿西口小便横丁の「菊屋」から
二丁目の「鳥之助」を経て、
和子は椎名町の大堀荘に来た
あれから十年がすぎたなんて、とても信じられない

先日、藤井くんが僕らの十周年を祝して
東芝ＥＭＩ版シャンソン全集のＣＤをプレゼントしてくれた
それからBeatles Boxも入手した
そして、明日、新宿厚生年金会館で
シャルル・アズナブールのステージを
和子と見に行くのだ
出来すぎじゃないか、
と思わせるこの符号が、ちょっと怖くもある

でも、僕はもう何も後悔するものがない

明日は　Aznavourを聴こう
和子

君の美しさよ
いつまでも

六月三日は月曜日である。九号の発送も終え、おそらく週刊誌の合併号の事情もあって、火曜日にアズナブールのコンサートに行くことができたのだ（「最後の日本公演」とあったが、二〇一八年九月にも「奇跡の日本公演」を行った。九十四歳であった）。

新宿厚生年金会館二階から、シャルル・アズナブールの歌を聴いた二日後、コーブンはいつもより早く帰って来た。仕事中に、感じたことのない違和を頭に覚えたのである。両親共に脳血管障害で亡くしているコーブンにとって、恐れていたことが起きたのだった。

日大板橋病院に行ったが、医師の泉先生は、特に緊急を要する状態ではないと言った。しかし、コーブンの感じる違和はコーブンを苦しめた。食事の時間以外は、ずっと横になって過ごしていた。仕事にもいつ復帰できるのか、自分でもさっぱり見当がつかなかった。

「ほかの人を探されてください」

あんまり目処がつかないので、コーブンの方から申し出た。ひと月ばかり経った頃であった。

「ほかは探さない。良くなるのを待っているから、無理をしないで治しなさい」

伊藤氏の口調には、迷いがなかった。コーブンのいない穴を、御自分が埋めてくださっている様子が、コーブンには手に取るようにわかった。有難かった。

およそ三カ月にわたった休養期間にも、給与は変わらず振り込まれていた。すべて伊藤氏の計らいである。

通帳には六月に五〇万四、七〇〇円が入金されていた。わたしの仕事は波があったが、同六月には、マガジンハウス及び扶桑社からの入金が合計二四万三、五六〇円あった。

厚生労働省の平均給与（実質）の推移（一年を通じて勤務した給与所得者）の表によれば、一九九一年は年約四七〇万円になっている。月に平均すると、約三九万円となり、「わが家」の家計は平均給与を上回っている。ただし、何事も起きなければ、であった。伊藤氏の温情がなければ、たちまち立ち行かなくなっていたことは、明らかであった。

　やがてそろそろと職場に復帰していったコーブンを、伊藤氏は何事もなかったように迎え入れてくださった。

　体調をくずし、夏の三カ月を家で静養したコーブンは、横になったまま、グレン・グールドの「ゴールドベルク変奏曲」をよく聴いた。ほとんど、これしか聴かなかったが、これしか聴けなかったともいえる。

「なにもしないで、ぼんやりとグレン・グールドのピアノを聴いていると、グールド怖るべしの感を強くするばかりだった。それは、なぜピアノなのか、なぜ音楽なのか、その理由がグールドの叩き出す音のひとつひとつから聞こえてくる」、とコーブンは、「詩の新聞 midnight press」№10の「ミッドナイト・ヴォイス」に書いている。さらに、ヘーゲルの言葉から、「詩」を書くものの宿命についても触れている。

> 　ヘーゲルは、「我は哲理を考えるように罰せられている」と言ったそうだが、詩を書くように「罰せられ」た人間もまたいるだろう。その「罰せられ」た者だけが持つ〈強度〉だけが二項対立を超えたどこにもない場所にたどり着くのだろ

う。これをロマンティシズムとは思わない。むしろ、（二十一世紀的）リアリズムと呼びたい気がする。

なぜ詩なのか。それは、問いというよりも、「作品」という名の「風に吹かれている答え」（ボブ・ディラン）でしかないのかも知れない。

なぜピアノなのか、グールドの答えも風に吹かれているが、「罰せられ」た者だけが持つ〈強度〉が僕を魅惑してやまない。（略）

体調は次第に回復しつつあるが、この先、刊行のペースがややゆっくりとなるかもしれない。ただ、一号一号の紙面の密度が低下しないことを心がけることはむろんのこと、なぜ midnight press か、それが紙面から伝わってくるような「詩の新聞」を作っていきたい。（略）

（ミッドナイト・ヴォイス№10）

横になったまま、コーブンが考えていたのは、「詩を書くように『罰せられ』た人間」のことだった。「詩の新聞 midnight press」№10刊行は、一九九一年十月三十一日となっている。本当なら、この年末には12号を迎えているはずなのだが、日々の糧を得る仕事との両輪は、まず、肉体を蝕んだ。

先の見えない三カ月のときを経て、復活の意思表示をしたコーブンであった。症状も少しずつ落ちついた八月十六日（金）日大板橋病院に出かけて行った。待合室で待っていると、診察を受けたコーブンが戻ってきた。わたしの隣に座ったコーブンは、症状とまるで関係ない話をされたと言った。

「あなた、頭がいいでしょう」

ＣＴスキャンの画像を見ながら、医師の泉先生から言われたそうだ。泉先生は、真顔であった。コーブンは、びっくりしたのだそうだ。思わず逆に質問をした。

「え、そんなことがわかったりするんですか？」

ほんとうに、そんなことがわかったりするのだろうか。わたしも、びっくりした。怖い話でもあった。真偽の程は定かではないが、「頭＝脳」に関する冗談のような会話ができるまでには回復したのかと、安堵もした。

家では、まだまだ手探り状態であった。会話にも注意を払わなければならなかった。特に「頭＝脳」の話題は避けていた。その言葉に、コーブンの全身が聞き耳を立てているかのように、すぐに反応するのである。何かにじっと耐えているのか、しばらく黙って呼吸を整えているのだった。

ラジオから、「くも膜下出血で死亡」などというニュースが流れてこようものなら、すぐに電源を切った。しかも、その夏には、いつもの年に増して、脳の障害で亡くなる人が多いような気がした。その病名に、二人でピリピリした夏でもあった。

脳に衝撃が及ばないように、しばらくは家の中でもそろりそろりと歩いていたが、いつのまにか、いつもどおりの速さに戻っていった。コーブンは、元々、歩くのが速かった。

わたしは、歩く気があるのかないのか、どっちなのかわからない歩き方をする。コーブンが隣を歩いているはずのわたしに声をかけると、見ず知らずの人だったことも何度かあった。

「どうして、隣にいないの？」

「ついて行くのが大変なんだもの」

コーブンの隣に並ぶとなると、わたしは小走りになる。それだけ、コーブンは速く歩いたのだが、わたしは、実は、歩くのが嫌いなのであった。

ある日の夕暮れどき、打合せを終えて会社を出たわたしは、いやいや歩いていた。

とにかく前に進まないと家には帰り着かない。仕方がないので歩いていた。そこへタクシーがやってきて、わたしは反射的に手を挙げてしまった。わたしは、タクシーが好きである。タクシーかと思って手を挙げたら、ミニ・パトカーだったこともあったが、わたしは、よく確認もしないで、反射的に手を挙げる癖があった。その日もそうであった。

タクシーに乗るつもりで歩いていたわけではないが、手を挙げてしまったわたしは、乗り込んでしまった。

「池袋駅までお願いします」

「池袋」に着いたわたしは、自分の庭を散歩するようなスピードで、東武東上線の改札口に向かっていた。途中で、東武ホープセンターを通過していると、お店のウインドウに飾られているブラウスと目が合ってしまった。わたしの好きなチャイナカラーであった。わたしは近づいて行き「これ、ください」と言った。こんなことが、頻繁にあるわけではない。いくら考えないわたしでも、この日の行動はあまりにも行き当たりばったりである。

一九九三年七月のことであった。後の市場動向によると、バブル景気はすでに終わっていたが、一般国民の感覚では、まだその自覚はなかった。あちこちのショッピングセンターでも、例年どおり「福引」が開催されていた。

「このレシートで、福引が八回できます。ぜひ、お試しください」

お店の人に言われるままに福引所にふらふらと歩いて行き、ガラガラを回した。四回めの玉がコロコロと転がり出たとき、係りの女性が持鈴《じれい》を大きく振って当選を知らせてくれた。

「おめでとうございます！　一等賞が当たりました！」

一等賞の景品が、まさか、インド旅行だとは知らなかった。わたしは、事務所に案内されて、一等賞をいただくという手続きをした。あまりにも、いきなりだったこともあり、何がなんだかわからなかったが、承諾をして帰ってきた。家に帰ると、コーブンはベッドに横になっていた。

「当たったみたい」

わたしが言うと、コーブンは驚いて、何に当たったの？　変なもの食べたの？　もう、大丈夫なの？　と畳みかけてきた。わたしはお腹をよく壊すので、コーブンは真っ先にお腹の心配をしたのである。

わたしが、お腹ではなくて、「インド・ヒマラヤ夢飛行」という旅行券が当たったと言うと、それはそれでまた、心配するのだった。

「ヒマラヤのような空気の薄いところに行ったら、君は危ない」

何度かわたしが過呼吸になるところを見ているからである。

「君は行かない方がいい」

という流れになりかかったが、結局は、二人で行けるのなら、ということに落ち着いた。


コーブンは、「インドに行く」ということが、あらかじめ決まっていたのだろうか。この旅行が、これまでも、この先も、ただ一度だけの海外旅行となった。

東京大学文学部印度哲学科卒業のコーブンとしては、インドは特別な国であったはずだ。しかし、インドに行きたくても、口にすることすらなかった。働いたお金を「詩」のためや、わたしのために使うことはあっても、自分のために使うことはなかったからだ。

この旅行の件では、わたしは「インド関係者のお使い役」になったと思った。
一、歩くのが嫌いで、いつもどおりいやいや歩いていた。
二、ふと振り向くと、タクシーがいて、反射的に手を挙げた。
三、乗り込むと「池袋駅まで」と、自動的に行き先を告げた。

わたしの日頃の行動パターンが知り尽くされているのだった。天界の「インド関係者」の意向によって、いつものようにわたしをぶらぶら歩かせ、タクシーに手を挙げさせ、池袋に向かわせたのち、「福引」のガラガラの前に立たせたのだ。一秒の狂いもなかった。

（略）この九月の半ば、その「西方」の国、インドに一週間行ってきた。家人が福引に当たったのだ。

インドは、僕にとって特別な国だ（あと、イタリアも）。十代後半の頃、インドに行きたいと思った。一九六七年、ビートルズの〈サージェント・ペパーズ・ロンリー・ハーツ・クラブ・バンド〉が発売された夏の思い出とともに、そのときの気持ちがよみがえってくる。

だが、僕はインドには行か（け）なかったし、二十歳を過ぎてからはインドのことを忘れていくばかりだった。家人が福引に当たったことを僕に伝えた時、一瞬なんのことかわからなかったが、時間が経つにつれて「運命」のようなものを感じないわけにはいかなかった。

三島由紀夫は、横尾忠則に「人間にはインドに行ける者と行けない者があり、さらにその時期は運命的なカルマが決定する」という意味のことを語ったという。僕の場合、そんなおおげさなことではないが、しかし、インドは僕に忘れることを許さなかったと、そうは思う。

デリー→ジャイプール→アグラ→ベナレス→カトマンドゥ→デリーと回ったのだが、ガンジス川の沐浴場、黄金寺院ストリート、サルナートと歩いたベナレスの時間が圧倒的だった。

ここでは、言葉も思考もなにもかもがむなしいと思われた。ただ、ブッダの初転法輪の地サルナートの芝生を雨に濡れながら歩いていた時、ふいに「寂浄」という言葉が思い出されたのは記憶に残る。（略）

わずか一週間の滞在で、インドのなんたるかがわかったなどとはとても言えない。今年、印象に残った言葉のひとつに丸山圭三郎の言葉がある。「今、この時にも、私たちは死につつ生きているのであり、生きつつ死んでいる」という言葉だ。これは、まさにインドのことであり、だから、またいつの日かインドを訪れてみたいという思いにとらわれる。（略）

（ミッドナイト・ヴォイス№14より）

東武ホープセンター主催の旅行企画で、行き先がインドだったのは、後にも先にもその年（一九九三年）だけであった。伊藤氏が編集長であったのも、幸運であった。福引に当たった話をすると、「行っておいで」と気持ちよく送り出してくれたのだった。

　集英社におけるコーブンの上司は、面接に当たってくださった八木克功氏、伊藤秀臣氏、高橋久雄氏……と続いていった。

　伊藤氏は、定年で退職されるに当たり「岡田だけは、絶対に手放してはダメだ」と、高橋氏に申し送りされたという。コーブンの最大の理解者であり、庇護者であった伊藤氏退職によって、コーブンは、絶対的「後ろ盾」を失ったことになる。時代は、二十一世紀に入っていた。

新宿ゴールデン街びより

山本かずこ

　その日はなぜか　新宿ゴールデン街びよりだった　そんな日があるのかどうかは　しらないけれど　わたしにとっては　その日であった　もうずいぶん行かなくなってひさしいのに　新宿ゴールデン街は　生きていて　わたし（たち）を手

招きしている
　呼んだのは私だよ　ごめんね　いそがしいのに　その人はそう言った　真紀さんだと　Kは言った　真紀さんがいるはずだからとKは言って　おみせのまえに立ったのだった　ほらね　新宿ゴールデン街に　生きて　そのみせはあった　けれどもはりがみもあった　はりがみにはお知らせがあって　真紀さんの死がお知らせされてあった

　私が呼んだんだよ　ごめんねと真紀さんは言った　なんだかなつかしいね　ついきのうのようでもある　週末には伊藤さんといつも顔をみせてくれたね　あのころがほんとうになつかしい　いまもきこえてくるよ　「真紀さんってほんとうに美少年だったんですね」　そのあと「美輪明宏みたいに」　私はそれをいつもよけいだとおもった　けれどね
　なにかわたしにできることはないかと　おくさんにたずねられて詩をかいてほしい　そう言った　だって　おくさんは詩人だろう　伊藤さんからおしえてもらったことがある　おくさんにかいてもらった詩を　私はあの世にもっていくよ　どんな詩でもいい　よろこんで　みせにあった写真をみて言ったね

「真紀さんってほんとうに美少年だったんですね　美輪明宏みたいに」
ときどきそのこえを思い出したよ　美少年と言われたころの自分を思い出しながらね　呼んだのは　私　柳田真紀　きてくれて　ありがとう
そして　さようならは五つのひらがな＊　よく伊藤さんがうたっていたね

＊「さようならは五つのひらがな」（一九六八年　黒沢明とロス・プリモス　作詞／星野哲郎　作曲／中川博之）は、伊藤秀臣さんがカラオケでよく歌った曲。Kは「風の盆恋歌」（一九八九年　石川さゆり　作詞／なかにし礼　作曲／三木たかし）を真紀さんの歌として、「兄弟船」（一九八二年　鳥羽一郎　作詞／星野哲郎　作曲／船村徹）を伊藤さんの歌として覚えた。

Kというのは、コーブンのことだ。お酒の飲めないわたしであったが、伊藤氏に呼んでいただき、新宿ゴールデン街を庭のように歩いたことがあった。コーブンは、わたしのことを「うちの彼女」と呼んで、伊藤氏たちから、からかわれていた。

伊藤秀臣氏は、二〇一九年九月に亡くなられた。七十九歳であった。

三、「詩の雑誌 midnight press」創刊、『祝魂歌』刊行

一九八九年（昭和六十四年／平成元年）一月に創刊した「詩の新聞 midnight press」は、一九九八年三月に二十一号で終刊した。終刊号の〈ミッドナイト・ヴォイス〉では、これからも詩のそばで生きること、さらに前に進むことを記している。

（略）右の体験が教えてくれたことのひとつに、詩は誰にでも——もちろん、この僕にでも（！）——書けるということがあった。詩は、善悪とも、才能とも関係なく、誰にでも書けるということ。その悪魔性を知ったとき、僕は慄然とした。詩への憎悪は極まったといってよい。時が経ったいまでも、詩への愛憎は半ばする（昨年、手にしたパスカル・キニャールの『音楽への憎しみ』は、これからも折にふれて頁を繰るだろう）。

愛憎半ばするとき、トリン・T・ミンハの次の言葉は僕を慰藉する。

「何かについて語るのではない。何かのそばで語るのだ」
詩について語る言葉は多い。けれども、詩のそばで語る言葉は少ない。
詩のそばで語ること。（略）

ウンガレッティにしても、こう言っているのだ。

「まさに詩だけが——私はそれを怖ろしいまでに学び取ってきた。そして、身に滲みて知っている——わずかに詩だけが、どれほどの悲惨が押し寄せてきても、自然が理性を支配しても、人間がおのれの作品をかえりみなくなり、たとえ《元素》の海に漂っていると誰もが気づいたときにも、まさに詩だけが、人間を回復できるのだ」と。

こういう応答、練り直しこそ、詩のそばで語り、そして生きることだろう。

（略）

その歩みがたどりついたひとつの主題として、これまでのペーパー・スタイルの midnight press は今号をもって終刊として、新しくA５判の季刊雑誌として生まれ変わることにした。

「徹底して自分らを苦難の地点におくことにおいてのみ何をか展く営なみあるを念じ『無名鬼』を創刊する」とは村上一郎の言葉である。もとより、これほどの厳しさと無縁の身だが、この言葉を頭のどこか片隅におきながら、さらにポジティヴに前に進んでいきたいと考えた。それが、この十年ということかもしれない。

（略）

このとき、コーブンは、四十七歳八カ月であった。一週間のうち、四日は働き、残りの三日間を詩のそばで過ごす。ときどき生じる頭の違和を抱えながらの、恐怖との闘いの日々でもあった。コーブンは、寡黙であった。しかも、一切の弁解をしない人間でもあった。職場でも、黙々と赤ペンを走らせていたのだと思う。自らをだます形で、肉体と精神のバランスを保っていたものの、酒量は必然的に増えていった。「酒」だけが、右往も左往もできないコーブンを解放してくれる友だった。

ただ、酒を呑んでも眠れない、と数年前の日記には書いている。書くことが好きだったコーブンだったが、書くための時間も削られてしまった。かつて持つことができた時間が、どんどんなくなっていったのである。この日記には、月曜の夜に向かうことが多かった。こんなふうに、自由に夜を enjoy するときがあってもよいではないか、と日記に向かっている。

（横書きで）

1990.12.11（火）2：00 a.m.

僕は夜が好きなのだ
ヒルマはきらいだ
和子
僕は酒を呑んでいる
呑むと落ちつくのだ
多分、医学的には「アル中」と分類されるだろう
だが、酒以外の何が僕をなぐさめてくれるのだ
ふたつある
君だ、和子だ（でも、いま君はもう眠っている）
君の寝顔は素敵だ
もうひとつ、rock'n'roll — Beatles だ
自由だ、
こいつを、論理的に身体的に把握すること

これしかない　最後の課題は、
だけど、僕は弱いのだ、
酒を呑む
酒を呑める　いまの自分の身体を僕は気に入っている
和子　僕は君を大切にしよう

まるでコーブンは、「詩のために生きるように」罰せられてでもいるかのようだ。その罰せられた者だけが持つ〈強度〉だけが、二項対立を超えた、どこにでもない場所にたどり着くのだろう、とコーブンは先に紹介したヴォイスで書いている。

こんなにも苦しんでいるコーブンは、ここから先もなお「罰せられた者のように」苦しみながら生きるのだろうか。コーブンの苦しみに、わたしは寄り添うことすらできなかった。

そして、一九九八年九月五日（土）「詩の雑誌 midnight press」を創刊する。「詩の新聞 midnight press」終刊より約半年後であった。

季刊『詩の雑誌 midnight press』創刊の辞

ひとつの世紀が——二十世紀が——暮れようとしている。

わたしたちは、いま、終わりを生きつつ、始まりを生きようとしているのだろうか。かつて、十九世紀末がそうであったように。

だが、わたしたちは知っている。十九世紀末にはみられた生の哲学、生命の力への憧れが、この世紀末にはみられないことを。

あるいは、なにかが始まろうとしているのかもしれない。けれども、それがなんであるのか明らかにする言葉をわたしたちはいまだに持つことができずにいる。ただ、判断を遅らせているだけなのかもしれないが。

そして、いま、詩もまた昏れようとしているのだろうか。世界の停滞と見合うかのように、いま、詩は沈停している。

世紀の黄昏と、詩の黄昏とが重なり合うかのようにみえるのは偶然なのだろうか、必然なのだろうか。ただ、ここに、詩の詩たる理由を見出すこともできるのだ。言葉と相対するということは、すなわち世界と相対するということなのだから。

なるほど、いまのわたしたちは憧れを持たないかもしれない。だが、この黄昏の季《とき》にあって、いまだみえざる彼岸へ向けて、詩の橋を架けてみようと試みることもむなしいことではないだろう。オプティミズムではない、ポジティヴな選択肢のひとつとして。

ミッドナイト・プレス
岡田幸文

A５判の雑誌で96頁。――「詩の雑誌」というとき、この「詩」とは、なによりもまず、具体的な、目にみえる「一篇の詩」のことを考えている。ポエジーではない。ポエトリーでもない。ポエム、一篇の詩だ。いま、一篇の詩は、いかに書かれるのか。いま、一篇の詩は、いかに読まれるのか。それをたずねる旅として、ひとつの選択（オルタナティヴ）として、『詩の雑誌 midnight press』を創刊する。主題は「一篇の詩」に尽きるが、方法は不定だ。せまくもなく、ひろくもない道を、一歩でも前に進んでいきたい。――と〈ミッドナイト・ヴォイス〉で決意を述べている。それは、詩のそばで生きる者としての決意でもあった。

〈詩作品〉稲川方人　長田弘　渡邉十絲子　今井義行　北爪満喜　正津勉　中江俊夫　佐々木幹郎　須永紀子　田中宏輔　井上弘治

〈創刊座談会〉詩の時間、詩の空間。

大岡信　辻征夫　吉増剛造

〈連詩〉コジュケイの巻

川崎洋　鈴木ユリイカ　安水稔和　平田俊子

〈アンケート〉私の好きな日本の詩

木田元　八木幹夫　山田風太郎　足立倫行　辻仁成　宮内勝典　萱間勇　窪田般彌　細見和之　三嶋典東　衣更着信　藤本真樹　加藤典洋　小長谷清実　芹沢俊介　三枝昂之　林あまり　和合亮一　石関善治郎　井坂洋子

〈連載〉

詩は生きている　1

まず一歩出ること　福間健二

全世界メルヘン　1

《世界不安》について　瀬尾育生

二十世紀イタリアの詩人たち　1

泣きじゃくる少年コラッツィーニと黄昏派　河島英昭
〈創作〉
転倒　岩田宏
〈コラム〉
詩人のコラム　映画「忍ぶ川」岸野昭彦
根石のコラム　自然な畑　根石吉久
読書日録　松岡祥男
〈詩の図書室〉
未来への通路が拓かれてゆく
——吉本隆明『アフリカ的段階について』を読む　藤井東
まつろはぬまま、なお…
——城戸朱理『夷狄』を読む　神山睦美
書くことによって考える
——松岡祥男『物語の森』を読む　太田修

＊

〈「詩の教室　「詩の相談室」開講、開設のお知らせ〉

清水哲男　川崎洋　高取英

表紙・目次・本文イラスト／永畑風人
写真　／野口賢一郎
定価（本体一〇〇〇円＋税）

谷川俊太郎氏を迎えての対談がスタートしたのは、一九九九年秋（№5）であった。対談相手は、正津勉氏である。これは、前年十二月二十四日（木）、青山のhowlで開かれた「ポエトリー・クリスマス・ナイト」（主催ミッドナイト・プレス）の全記録であった。

お二人の対談と朗読とが交響して生み出す詩の時空が、誌面でも再現され、息づいていた。以後、ゲストを迎えての鼎談連載の形をとり、№31まで、二十六回続いた。

ゲストは以下の方々である。

№6平居謙　№7桜井亜美　№8エドガー・ヘンリー　№9DiVa　№10池田澄子　№11枡野浩一　№12米内山明宏　№13アーサー・ビナード 木坂涼　№14鈴木志郎康　№15天野祐吉　№16田原　№17いとう 片野晃司　№18山本かずこ　№19覚和歌子　№20鶴見俊輔　№21鶴見俊輔　№22リース・モートン　№23四元

康祐　No.24友部正人　No.25久谷雉　No.26ぱくきょんみ　No.27伊藤比呂美　No.28松本亮　No.29山本真弓　No.30田村さと子　No.31桑原滝弥　馬野幹

ところでミッドナイト・プレスには、谷川俊太郎氏に書いていただいた揮毫がある。奉書に墨液で「midnight press」、右下に「Shun」という朱液によるサインがある。お願いしたのは、もちろんわたしであった。コーブンにはそのような「厚かましい」お願いは、とてもできない。思い浮かぶことすらなかった。

谷川氏にお引き受けいただいたわたし（たち）は、銀座・鳩居堂で買い求めた根来塗の硯箱に、硯を固定させ、奉書巻紙に大小の毛筆を揃えて、当日、新宿ワシントンホテル会議室「高尾」に持参した。二〇〇〇年七月十日（月）のことである。

その日、鼎談のゲストは、ＤｉＶａの方々であった。ＤｉＶａとは、谷川氏のご子息である谷川賢作氏、高瀬麻里子氏、大坪寛彦氏の三名からなり、「現代詩を歌う」という試みを続けられている方たちだ。

わたしは、鼎談の間じゅう、会議室の隅で墨を磨っていた。墨液は、たっぷりと必要であると思ったからである。鼎談が終わったあと、軽く会食をするのが習わしとなっていたため、この会議室での滞在時間は限られている。わずかしかない。いつも鼎談会場に同席するわたしには、それがわかっていたこともあり、谷川氏のテーブルの前に、そのお習字セットを運んだのである。普通なら、お疲れのはずである。しかし、谷川氏は「疲れを知らない」方なのである。疲れたところを見たことがなかった。それをいいことに、「厚かましい」わたしは、揮毫をお願いした。谷川氏には、失敗はない。まず、カタカナに「俊」というサインのものを一枚、さらに欧文の揮毫を続けて二枚書いたあと、その一枚にサインをされた。コーブンは、ゲラをお送りする段取りについて賢作氏と打合せをしている。カメラマンの野口賢一郎氏は、器材の片付けに忙しい。当の谷川氏も「ここ、ちょっとおさえてくれる?」と、わたしに文鎮代わりとしての共同作業を持ちかけてくるなど、スムーズに進み、会議室を後にする頃には、根来塗の硯箱など、お習字セットは、持参した紙袋の中に、おとなしく収まっていたのであった。

後日、谷川氏の揮毫は、横長の木枠の額縁に入り、ミッドナイト・プレス事務所の壁にかかった。このときは、あまりに立派すぎるゆえに、重くなり、壁が持ちこたえられないということもあって、専門家の力をお借りすることになった。

古くからの詩友であり、展覧会などのディスプレイ製作会社の重役でもある五月女素夫氏に、今度はコーブンが直々にお願いしたのであった。

まるで、罰せられた者のように、詩のために仕事を続けるコーブンに、谷川俊太郎氏は、絶え間なくお力を貸してくださった。

二〇〇三年七月五日（土）、『祝魂歌』というアンソロジー詩集が、谷川俊太郎＝編として世に出ることになったのも、谷川氏のご尽力あってのことである。まず、タイトルを『祝魂歌』と決めてくださった。この詩集が「生者への慰め、死者へのはなむけ」を託されて編まれたものだからだ。

次に、判型である。ヨコ10.5㎝×タテ19.5㎝のコンパクトでスリムな本体を、函に入れることに決めた。この形は、僧侶の手に持った経本をイメージしたものであった。タイトルと判型。この二つが決まると、あとは装丁家に依頼することになる。

わたしには、鈴木成一氏しか思い浮かばなかった。これまで氏の装丁を何冊か手にしていて、白を基調とした余白の使い方に魅かれていたからである。その白い余白に、描かれた天使の絵と花束の絵は、この詩集の航海を祝福しているように思えた。天使と花束の絵は、「魂のピアニスト」、フジ子・ヘミング氏の描かれたものであった。

取材でお目にかかったフジ子氏に、絵の使用をお願いしたのは、「またしても」わたしであった。この絵以上に、『祝魂歌』にぴったりと思える絵を知らなかったからである。

そして、作品として選ばれた詩篇は三十編となった。

○（今日は死ぬのにもってこいの日だ）プエブロ族の古老○ギーターンジャリ一四二　ラビーンドラナート・タゴール○電車の窓の外は　高見順○柱時計　淵上毛銭○遺書　林芙美子○しぬまえにおじいさんのいったこと　谷川俊太郎○挽歌詩　其一　陶淵明○ルバイヤート　二、五一　オマル・ハイヤーム○別れる練習をしながら　趙炳華《チョウビョンファ》○高井戸　大岡信○兵士の世代　石垣りん○展墓　阿川弘之○あけがたにくる人よ　永瀬清子○初めての児に　吉野弘○また来ん春……　中原中也○あられふりける　三好達治○その後のふり返り　室生犀星○最後の詩篇　ロベール・デスノス○花冷え　中村稔○ソネット　第八一番　ウィリアム・シェイクスピア○（モハメッド・シェアブの思い出に）　ジュゼッペ・ウンガレッティ○たましい　川崎洋○オ母サン　草野心平○カ　まど・みちお○勧酒　于《う》武《ぶ》陵《りょう》○あーあ　天野忠○ユウレイノウタ　入沢康夫○Mに　ヨアヒム・リンゲルナッツ○死よ、驕るなかれ　ジョン・ダン○死者の唄　葬式の時うたう唄　チョンタル族古謡

以上、三十篇の詩篇と、谷川俊太郎氏による「あとがき」から成っている。

死をどんなイメージでとらえるかは、文化によって、時代によってさまざまですし、また私たちひとりひとりの感じかたによっても違うでしょう。現代の日本では死は暗いもの、忌むべきものという感じかたが大勢をしめているように思えますが、私自身は年をとるにつれて、死は行き止まりではなく、その先にまだ何かがあるのではないかと考えるようになっています。

　からだから解放された魂というものがあるのではないか、誰もが心の奥底でそれを知っているのではないか。もしそうだとしたら、魂の新しい旅立ちを祝うこともできるのではないか、それが残された者の嘆きを少しでも軽くすることができるのではないか。そう思ってこのアンソロジーを編みました。このささやかな詩集が、生者への慰め、死者へのはなむけとなることを念じています。

谷川俊太郎

二〇〇三年四月

このとき、谷川氏は、七十一歳四カ月であった。魂の旅立ちを祝う『祝魂歌』は、厳かに、帆を上げたのである。

四、『祝魂歌』の起死回生

　第二章の冒頭で、書籍が刊行されるに当たって、校正がいかに大事かを、熱心に書いた。特に、それでもミスのまま刊行されたときには、まず、どのような対処をするか、に始まり、その傷の深さについて、世間が忘れても、出版社（責任者）は忘れない、などと、まるで体験者でもあるかのように、わかったようなことを書いた。そこまで、切々と書いた熱意に、尋常でない何かを感じ取られた方もいたかもしれない。実は、その当事者であったからだ。

　ほんとうに、いまでも申し訳ない思いでいっぱいになる。それがわかったとき、わたしの全身の血が、その場で沸騰した。そのとき、わたしが先に知ったのか、コーブンが先に知ってわたしに伝えたのか……。コーブンは、わたしよりさらに激しく動揺した。いまでこそ、こんなたとえを書くことができるが、コーブンの全身は、その場で凍りついた。わたしの比ではなかったはずだ。

わたしたちは、そのあと寝込んでしまうのだけれど、寝込む前に、することがたくさんあった。辛い仕事であった。満を持して刊行された『祝魂歌』に、許されない校正ミスがあったのだ。

「柱時計」の作者の名前が、山之口貘氏となっていたが、正しくは淵上毛銭（正式には毛錢）氏の作品であった。とんでもないミスであった。

柱時計　　淵上毛銭

ぼくが
死んでからでも
十二時がきたら　十二
鳴るのかい
苦労するなあ
まあいいや
しつかり鳴つて
おくれ

なぜ、このような校正ミスが起きたのか、などと追及しても、全く無意味なことであった。すでに起きている目の前の事態に対応するのが先決であった。急を要していた。『祝魂歌』は、世の中に向かって、すでに出発していたからである。「てにをは」の間違いを初級のミスだとしたら、今回のミスは、中級とか上級とか、そんなことを言っていられないほど「あり得ない」レベルのミスに当たった。こんなことを書くことができるのは、二十年を経たいまだからなのか。それだけではない。

ここまで書いてはきたが、このミスについて、コーブンとわたしとの間では「アンタッチャブル」であった。二十年前の当時も、その後も、その「なぜ？」には近づくことさえなかった。近づけば、苦しむ、癒やされることのない、深い傷であった。

ここから先は、わたしの想像である。

淵上毛銭氏は、熊本県葦北郡水俣町（現・水俣市）に、一九一五年（大正四年）一月十三日に生まれ、一九五〇年（昭和二十五年）三月九日に三十五歳で亡くなられた。上京して、青山学院中学部に進学。脊椎カリエスを病んで青山学院を中退、帰郷されている。東京では、山之口貘氏と親しくされていた。ここで、両氏を巡る資料が錯綜し、コーブンは、淵上氏の作品だとは気づかないままに、『祝魂歌』に収録してしまったのだろうか。真相は、わからない。また、わかっても、取り返しがつくわけではない。

『祝魂歌』は、初版五千部を刷った。弱小出版社のミッドナイト・プレスとしては、社の「命運」を賭けた初めてのアンソロジー詩集であった。

とにかく、流通にストップをかけなければならない。訂正シールを東京印書館の奥木俊補氏から受け取った、コーブンとわたし、営業の江口和浩氏、カメラマンの野口賢一郎氏は、みなで販売を請け負う茗荷谷の星雲社に向かった。星雲社には製本所から搬入されたばかりの『祝魂歌』がひっそりと積み上がっていた。わたしたちは、手分けして、訂正シールを、目次、本文にピンセットで貼り続けたのである。シール貼りに終わりはなかった。ただ、コーブンには、終わりのない他の仕事もあった。しかも「詩の雑誌 midnight press」（№21 二〇〇三年／平成十五年秋号）の編集作業も佳境に入っていた。

すでに流通している『祝魂歌』に、どう対処すべきなのか、いったいこの先、どうすればよいのか。なにもわからないままに、翌日もまた、訂正シールセットを持って、わたしは家を出た。

平積みにしてくれていた、新宿紀伊國屋書店ほか、都内の大型書店にも足を運んだ。

書店員さんに事情を話すと、一様に気の毒そうな顔をされた。いかに重大な事態なのか、一瞬にしてわかるからであった。

他のお客さまのお邪魔にならないように、わたしは『祝魂歌』に近づいて行った。平積みになっている。気のせいにきまっているが、所在なさげにも見える。近づいたわたしは、訂正シールセットをバッグから取り出し、集中して作業に没頭した。終えると次の書店に向かうのだが、向かう以外に、何をすればよいのか、わたしにはよくわからなかったのである。

平積みでなく、棚差しの書店もあった。わたしは、内心安堵した。いつものわたしなら、安堵などしない。なぜ、平積みにしてくれないのか。こんなに素晴らしい詩集なのにと、不機嫌になったに違いない。しかし、今回は事情が事情である。棚差しという不遇が、うれしかったのである。とにかく、人目をはばかり、息をひそめるように、棚で隠れている。その健気さが、不憫に思えた。

返本もまた、うれしかった。これで出回った本が回収できる。しかし、新聞に広告を打つという夢は消えた。いま、ひそかに、書店の棚で身を隠している『祝魂歌』の気持ちを案じたからである。ひたすら、返本を待ち続ける、という異常事態であった。一方で、二刷の手配も進んでいた。なにしろ、手塩にかけた『祝魂歌』である。本文は活版印刷、クロス貼り、函入り。ひと目で贅を尽くしたことがわかる詩集である。しかも、編者は谷川俊太郎氏であった。

良い本をつくりたい。その一心でつくり上げた一冊であったが、製作費用も一冊八五〇円ほどかかっている（ことを、残っている請求書から知った）。本体価格が二七〇〇円だが、そのうち、取次流通手数料等を差し引くと、収益はおよそ一三五〇円。ここから、製作費八五〇円を差し引くと、売上げは、計算上、一冊当たり約五〇〇円となる。収益は少なくても、これ以上価格を高くするわけにはいかなかった。

順調にいけば、それでもよかった。それが、返本でいったりきたりしていると、そのたびに流通手数料が発生する。正確な計算を待つまでもなく、すでに赤字は確定したようなものであった。しかも、シールを貼らない訂正した二刷を、なんとか世に出したいという、無謀な試みも進めていた。

わたしは、にわかに営業に身を転じた。

僧侶の経本をイメージした「魂の旅立ちを祝う」アンソロジー詩集であるところにヒントを得て、葬儀社へと出かけて行ったのである。香典返しの品として、選んでいただけないかと思ったからだ。

手はじめに「大野屋」に行ったのは、パンフレットがたまたま家にあったからにすぎない。「大野屋」は、奥多摩霊園の管理会社でもあり、その霊園には岡田の両親のお墓もあった。

会うだけは会っていただいたものの、後日、電話で丁重に断られた。香典返しとは、手元に残らない「お茶」や「焼き海苔」などが一般的であり、まして『祝魂歌』などという、「祝」を冠した詩集は、後に残された親族の気持ちを慮ると、とてもお薦めできない、というのがお断りの理由であった。

知人のツテで、千葉に本社を持つ「十全社」にも足を運んだ。ここでは、一歩進んで、とにかくお預かりしましょう、と置いてくださった。しかし、半年後、そっくりそのまま返本されてしまった。他にもいくつか当たったが、以下同文である。

そうしたある日、友人を通して「本の花束」の存在を知った。良質な図書を「生活クラブ」（正式には生活クラブ事業連合生活協同組合連合会）の組合員が選ぶという、無駄のない、理にかなったシステムであった。いわゆる返本もないし、流通手数料も発生しない。あらかじめ設定されている買取価格を承認すればよかったのである。

組合員の前に、本を選ぶ担当者が存在する。わたしは『祝魂歌』をバッグに入れて、担当者に会いに行った。

わが出版社は、無名である。営業も、素人である。しかし、わたしには自信があった。『祝魂歌』は、きっと、気に入ってもらえる。そして、そのとおりとなったのである。『祝魂歌』が自らの力で、起死回生を図ったのである。

刷り部数は少ないながらも、三刷、四刷と版を重ねていった。

わたしは歩くのが嫌いである。

しかし、好きとか嫌いとか言える身分にはなかった。支所がいくつかあった「生活クラブ」のあちこちに、わたしはよろこんで参上した。約束の時間には、遅れることもなく、たどり着いた。『祝魂歌』となら、どこへでも行く。同行《どうぎょう》二人《ににん》を生きていたのだ。商談（?）を終え、建物を出ると「ここは、どこ?」と、見知らぬ場所で立ち尽くしたこともあった。方向音痴のわたしには、帰り方がわからないのである。

何度でも書く。淵上毛銭氏、山之口貘氏、そして編者の谷川俊太郎氏には申し訳なさでいっぱいである。しかし、何をどうすればよいのか、わからないままに、無我夢中で走りまわった日々であった。

右往も左往もできない環境下にあるコーブンは、走りまわることすら許されなかった。窒息する日々のなかにあって、敬愛する谷川氏の信頼に応えられなかったことに、苦しみ続けた。この後も、この苦しみから解放されることは一度もなかったはずだ。以前にも増して「詩のために生きるように」罰せられてでもいるかのようなコーブンは、さらに「詩の雑誌 midnight press」に全力を注ぎ込んだ。編集内容は言うまでもなく、頁数も増えていった。96頁の創刊号が、100頁を超え、気がつくと130頁を更新しようとしていた。頁数が増えるということは、誌面の充実はもちろんだが、経費の膨張は避けられない。

わたしは、お金の計算ができない人間だが、コーブンは違った。コーブンは、お金の計算はしない（したくない）人間なのだ。その結果、発行の度に、七〇万円から八〇万円の赤字を出していったのである。

この時期、コーブンの給与は一カ月当たり六〇万九千円であった。これは数年前から変わらなかった。ただ、変わったことがあった。世の中の不景気の煽りを受けて、これまで陰ながら支援してくださった方からの援助がここしばらく、途絶えていたことだった。

そうした日々にあって、思いがけず生まれた無垢な一日もあった。二〇〇五年九月末のことだ。伊藤康司さんや藤井孝さん、そしてミッドナイト・プレスの実務を手伝ってくれていた安里律子さんらと共に、熊本に住む木野まり子さんを訪ねる旅をした。東京で親しく付き合っていた木野さんが郷里の熊本に帰郷して、数年後のことである。当時、ご存命中の父上と二人暮らしのご自宅を訪ねたり、熊本城に登ったり、阿蘇で温泉にも入ったが、水俣市にも行った。

ちょうど車が水俣に入ったときのことだ。カーナビの案内と同時に、サイレンが鳴り渡った。お昼を告げるサイレンであった。十二時きっかりに水俣市に入ったこと、そしてサイレンが鳴ったこと。加えて、家々の柱時計が十二回鳴っているところを想像した。淵上毛銭氏が、わたしたち一行を出迎えてくださった、と思った。

「迎えてくださっているね！」

わたしは、あまりのタイミングに感動して、隣に座っていたコーブンに囁いた。

秋晴れの一日、わたしたちは、水俣にやってきたのだ。市役所に立ち寄り『祝魂歌』を観光課の職員に手渡しながら、淵上毛銭氏のお墓の場所を尋ねると、市役所の裏手にあると教えてくださった。小高い丘に登って行くと、すぐにお墓はみつかる。墓石には「生きた　臥《ね》た　書いた」と記されていた。

太陽はわたしたちの頭上にあった。遮るもののない丘の上で風が自由に吹いていた。「青い風」である。淵上氏の詩「眺望」で吹いている風であった。

眺望

淵上毛錢

屋根といふものがなければ
暮しはできないものなのか
もの哀しい習俗のぐるりの
屋根屋根を濡らして
遙かなる狐の嫁入りが行く
青い風は僕の隣から
眺望《ながめ》を撫でてはゐたけれど

僕はこのまんま
美しい空《から》つぽになりたくて
ほそい山径に群れてゐる
花蠟燭のやうな野苺に
すくないけれど僕も

眺望《ながめ》も呉れてしまつた

熊本での、この「謝罪の旅」は、このときを外しては、永遠に実現されることはなかっただろう。微かな予感はあったとしても、半年後に襲いかかろうとしていた不安の全貌は、まだ見えていなかった。

「詩の雑誌 midnight press」№31は、休刊号になった。まさか、こんなふうにいきなり休刊するとは思ってもいなかった。コーブンもわたしも、そして講読者のだれひとりとして。だから、ミッドナイト・ヴォイスは、いつもどおり健在であった。

■ある日――たとえば、真昼の街を歩いているとき――、ふと、「知る」ことのむなしさに襲われるときがある。「知る」ことが、ついに越えられないことであることを「知る」とき……。「知る」ことが、不可避的に迷妄を孕むことを「知る」とき……。「あらゆる音を聞いたと君は言う。君の鳥はスウィングすることができると――。でも、君には僕の声が聞こえないんだね」とは、まさしくこのことだったかと、あらためてザ・ビートルズの、ジョン・レノンの「そして、君の鳥は歌うことができる」（And Your Bird Can Sing）を聴きたくなる■こういってよければ、小誌の「第一期」は終わったのだと思う。——と、前号（30号）の後記で書いたが、自らあらためて確認するまでもなく、意識は「第二期」を動いている。この動きが今号（31号）の誌面にどれほど反映されているか、それを知ることはできないけれども、いまは、時間をかけて、かたちにしていければと考えている。（略）

ここでわたしは既視感を覚えた。前号（30号）の後記でも、すでに「第一期」の終わりに触れていたコーブンの文章がそれであった。

これまでの方法でやるべきことはやりつくしたものであり、もはやこれまでのやり方では前に進めないのだから、さらに前に進もうとするときは、それなりの方法を選択しなければならない。思えば、詩とは、ことばで、ことばを超えていくもの（こと）の謂ではなかったか。いま、僕はそれをあこがれと呼んでいいとさえ思う。

二号にわたって「第一期」の終わりに触れたのは、まさに「第二期」に向かって、慎重な歩を進めようと、呼吸を整えていたからではないか。

二〇〇六年三月、「詩の雑誌 midnight press」は31号にて休刊した。このとき、コーブンは五十四歳八カ月であった。「第二期」に一歩踏み出した矢先の休刊であったが、かといって、コーブンが「知る」ことを永遠に放棄したとは思えない。

一方で、休刊はまた、厳しい現実のはじまりでもあった。月々三〇万円から四〇万円の返済がこの先、続いてゆくのである。

五、「言葉」への献身

夕暮れどき、コーブンは、神田神保町の路上で信号待ちをしていた。そのコーブンの姿を、岩波書店の編集者が見つけたようだった。

「下を向いて、すごく暗い感じだったよ」

この編集者とは、面識もあったが、信号待ちのことは、共通の知人から聞いた。どこで、だれに見られているのか、わからないものである。その編集者は、見たままを、知人に話したまでのことだったのだろう。そして、さらに続けたそうである。

「岡田さんは、有名人だよね。東大を出て週刊誌の校正を長くやっているヤツがいるってね」

わたしに信号待ちのことを話してくれた人は、そこまで教えてくれたけれど、わたしがコーブンに伝えたのは、信号待ちのところまでだった。コーブンもまた、そんなふうに言われていることを、知っていたのかもしれない。たとえ知ってはいても、わたしに伝えることはしなかった。お互いに、余計なことは耳に入れたくなかったからだ。

二十一世紀に入り、いよいよインターネットの爆発的普及が始まっていた。デジタル出版室などが設けられ、出版業界が、一気に様変わりした。パソコンを使えない人は、ここでまず、淘汰された。校閲・校正仕事にも大幅な変化があった。これまでの進め方が、一変したのである。自らの校閲能力を頼みとする校正から、ネットによる検索が主流となっていった。コーブンもまた、否応なく、洗礼を受けることになった。

いきおい眼を酷使することになり、コーブンは飛蚊症にも見舞われた。視界を飛び回る黒い何ものかに遮られ、目の前が真っ暗になったこともあった。眼の酷使と共に、たえずつきまとう頭=脳への負荷の増加。さらに、コーブンには不整脈の持病もあった。心拍数も異様に高く、90から100を下がることはなかった。日頃、60から66の脈拍数のわたしからすると、想像のつかない数値であった。数え上げればきりがないが、持って生まれた虚弱体質による内臓の働きにも、常時苦しめられてもいたのである。いずれの症状も、病院に行けばよくなるような、生やさしいものではなかった。

自分が弱いからこそ、わたしの健康にはいつも気にかけてくれた。しかも、わたしは、よく転んだ。これは、小学生のときの飛び降り事件が尾を引いていたのだが、なにも、自殺を試みたわけではない。飛んだのは、物干し台からであった。大人たちからは「魔が差した」と結論づけられたが、わたしは「本気」であった。夢のなかでもよく飛んでいたし、飛べる瞬間があるのではないか、と思っていたのだ。

しかし、現実は違った。右脚にひびが入ったのである。足首の靭帯損傷もあったのか、わたしは、大人になってからも、とにかくよく転ぶのであった。転んで、前歯を二本折ったこともある。日大板橋病院の歯科口腔外科では、陥没した歯列を、若い男性歯科医と二人の助手に囲まれながら、力ずくで矯正してもらったこともあった。容赦はなかった。

外出するわたしに、コーブンはいつも声をかけた。

「気をつけて歩くんだよ。転ばないんだよ！」

わたしのことは自分のことなので、よく知っている。書きはじめたら、きりがない。

時代の洗礼を受けた、コーブンの話であった。この頃、大正時代から続いてきたという雑誌にはじまり、そうでない雑誌の休刊、廃刊も続いていた。すると、休刊した雑誌の編集部はいったいどうなるのか、という素朴な疑問が生じる。なにしろ、大正、昭和、平成を生き抜いてきた雑誌たちである。

社員たちはまだいいとしても、そこで働いていたフリーランスの記者や校正者たちはいったいどうなるのか。路頭に迷ってしまいはしないか。社会現象としての休刊の連鎖に漠然と思いを馳せていた頃は、まだ余裕があった。万が一、その人たち御一行が、なんらかの都合、事情により、まるごと他の編集部に移動することになったら、それまでそこにいた人たちはどうなるのだろう。力関係次第では、無傷ではすまないに違いない、と思いを進めたのは、事態がよそ事ではなくなったからである。まさに、その御一行が「まるごと」やって来た移動先が、コーブンのいる編集部であった。

それでも、「岡田だけは、絶対に手放してはダメだ」という、伊藤秀臣氏による「申し送り」のおかげで、コーブンは残った。まさに、コーブンひとりだけ、残ったのであった。

ただ「多勢に無勢」状態は、否めなかったはずだ。校正者どうしの、文字づかいの統一など、発生しないわけがなかったからである。

担当者からの要請に応じて、用語についてのメモを提出したこともあったようだ。以下は、パソコンに残っていたメモの一部である。

「言う」「いう」についてのメモ、ほか。　（横書きで）

○「言う」「いう」についての原則
「共同通信ハンドブック」などを参照しながら、下記のとおり考えます。
○「言う」　声を出して発語する行為、述べることについては、「言う」と表記
○「いう」「言う」の実質的な意味が薄れた場合は、「いう」と表記

用字例
○「言う」　あえて言えば　言うまでもない　彼が言うには　はっきり言って　正直言って
○「いう」　あっという間に　経験がものをいう　そういえば　……といえば　どちらかといえば　なんといっても　なんだかんだいっても　なんというか　……という　……といわれる
○「……といわれる」は、「……という」の受動態

They say thus summer is hot.（今年の夏は暑いという）

It is said that this summer is hot.（今年の夏は暑いといわれている）

○補足事項　早番と遅番とで表記が異なる事例

1、早番「……したあと」「そのあと」

　遅番「……した後」「その後」

after を意味する「あと」は、「後」と漢字表記する。

「……したのち」も「……した後」と表記する。（cf「共同通信ハンドブック」）

＊残り（the rest）を意味する「あと」は、「あと」とひらがな表記する。

2、早番　自称「神保町のフレディ・マーキュリー」

　遅番　自称〝神保町のフレディ・マーキュリー〟

「」は客観的な引用句を意味するので、自称、通称の場合は、〝〟表記とする。

このメモは、二〇一三年五月二十日に書かれたものだ。

「早番、遅番」とあるが、コーブンは遅番に属していた。

ある日のことである。かつて、共に机を並べた同僚から、コーブンのことを新聞で知ったと連絡をいただいたことがあった。

「岡田さんは、文字の校正ひとつとっても、哲学的に考える人でしたね」

その人の言葉からも、コーブンの職場での姿勢の一端を知ることができる。インターネット検索では、どうにもならない、検索以前の、校正者の矜持でもあった。さらに、「メモ」を通して見えてきたのは、もの言わぬ「言葉」たちを守る、研ぎ澄まされた意志であった。残されたメモの佇まいは、一切の無駄を省いて、美しく、毅然としている。「言葉」への献身を職場でも貫いていることがうかがえる。

第五章

聴無庵日乗28

若松七本活け

2018年が明けた。

変わらず『あの頃、あの詩を』に収録された詩を読み継いでいくわけだが、今年は、それに日常的な（?）記述を交えていこうと思う。

今日は熊野神社に初詣。この神社について詳しいことは知らないのだが、鳥居をくぐって拝殿に向かって歩み始めると、この神社が経てきた時間の密度のようなものが伝わってくる。

この数日、よく聴いているのは、ダラー・ブランドの「アフリカン・ピアノ」。そのＣＤの横には、藤本哲明の『ディオニソスの居場所』が置かれている。（2018.1.9)

ブログに使った、お正月の若松七本活け。「ジョンも一緒に入るように撮ってね」とコーブン（2018年1月9日）

一、「midnight press WEB」創刊

夏目漱石の小説『門』の主人公である、宗助と御米のように生きることが、コーブンの理想でもあった。世間とは離れて、ひっそりと生きたい。そうすれば、どんなに心穏やかで、静かな日々を送ることができるだろう、と。

この願いは「詩の新聞 midnight press」の終刊、「詩の雑誌 midnight press」の休刊を経たから生じたものではなかった。そうした活動とは、独立したところで、わたしたちが出会った最初から生き続けていた願望であった。それでも、「詩のそばで生きる」ことは、可能であると思ったからだ。

その生活が、図らずも実現したようにも思えたのが、二〇〇六年（平成十八年）の「詩の雑誌 midnight press」休刊であった。もちろん、落胆はすさまじく、立ち上がることもできない日々は続いていた。はっきりありのままを描写すると、仕事に出かけない日は、寝込んでいた、のであった。これは、ひっそりと、心穏やかに、静かな

日々を送ることとは、まるで違っていた。

まず第一に、「崖下にある暗い家で、世間に背をむけてひっそりと生きる」には、この住まいは、あまりにも明るすぎる。南向きに面したベランダからは、太陽の光がどんどん入ってくる。家の中で、暗い場所を見つけ出すのもむずかしかった。

次に、わたしは御米ではなかった。何が起きても「でも仕方がないわ」とは言わない。言わなければ、先に進まないときにも、黙っている方を選んだ。

実際、わたしは黙っていることが多かった。けれども、黙って、何かを考えているわけではない。放心状態、といった方が正しいかもしれない。

「いま、なにか考えているの?」

コーブンにたずねられても、答えられない。考えていたわけではなかったからだ。

これは、わたしが考えないことを知っていて、コーブンがよく口にする言葉である。

「下手の考え休むに似たりだよ」

「自分のことを言っているんだよ」と笑っていた。

ホームページに「今週の詩」の連載を始めたのは、二〇〇七年七月二十日(金)のことである。第一回に紹介されたのは、「エスペラントを学ぼうとしない恋人に」、ウイリアム・オールド（臼井裕之訳）であった。

> 新しくスタートする「今週の詩」では、日本の近現代詩を中心に様々な詩を紹介していきたいと考えていますが、第一回は小社の新刊『ウィリアム・オールド詩集――エスペラントの民の詩人――』を巻頭の一篇としました。一読、誰にでもわかる詩ですが、ことばは幾重にも屈折していて、ジョン・ダンの詩を思い出させるところもあるようです。まあ、でも、この詩に解説は不要で、読者がそれぞれの読み方で楽しむことができる詩だと思います。（略）

肩の力を抜いたかのような、リラックスした文章だ。再稼働の意気込みを抑えて、軽やかに、新たな道に降り立ったコーブンを見る思いがした。

「今週の詩」では全一五五篇、二〇〇七年七月二十日（金）から二〇一〇年十一月二十九日（月）までの三年四カ月の間、ほぼ毎週、詩の紹介を続けている。「詩の雑誌midnight press」休刊後、約一年を経たあとのスタートであった。この時期、いつでも机に向かっていたコーブンの後ろ姿は坐禅する僧侶の背中のようにも見えて、近づきがたいものがあった。

二〇〇八年夏には、「midnight press EXTRA」を発行。「詩の雑誌 midnight press」が休刊して、二年半が経とうとしていた。このEX版では、詩人たちに、「二〇〇八年夏、いま、詩はどこにあるか?」というテーマでそれぞれ寄稿していただいた。執筆者は、近藤弘文、清水あすか　chori　須永紀子　上田假奈代　タケイリエ　小林レント　柴田千晶　久谷雉　ヤリタミサコ　桑原滝弥　中村剛彦の方々である。「詩の雑誌 midnight press」の、いきなりの休刊を経て、初めての執筆依頼となった。このEX版を通じて、コーブンは、自らの「いま」を発信していた。

> （略）この、短いようで長い（長いようで短い）intermission（?）にあって、僕はいつも〈詩の現在〉を生きていた。それは、一方で、詩の核がいよいよ見えなくなる現在でもあった。だが、核が見えなくなることが悪いことかといえば、一概にそうとはいえず、この厖大な無／拡散を深く潜行することを生きる選択があるように思われる。いまは、性急に、求心的に生きる時ではない。どれだけもちこたえられるか、その力が問われているのだと思う。■五月某日、渋谷で桑原滝弥とあれこれと話した。そこで、今回のTOKYOポエケット参加、そしてmidnight press のフリーペーパー発行というプランが生まれた。midnight press

休刊中のミッドナイト・プレスが、いまTOKYOポエケットに参加する積極的な理由はあるのだろうかと自問しないではなかったが、桑原と話しているうちに、midnight press のフリーペーパーをつくろうという気持ちになった。それは、「詩の雑誌 midnight press」を編集発行していた時代を思い出すことでもあったが、過ぎ去った時間を懐かしむものではなかった。詩の明日へとつながる未来の時間をいかに生きるかと考える時間でもあった。今回、力のこもった原稿を寄せていただいたみなさんに感謝します。いつだって、詩は、「いま、ここ」にある。また、いつかお会いしましょう。（岡田）

さらに、四年後の二〇一二年六月二日「midnight press WEB」（隔月刊）の創刊に至る。これまで紙媒体にこだわってきたコーブンであったが、WEB版「midnight press」をスタートさせた。

ここで、はじめて編集人として、若い世代の中村剛彦氏を迎えている。中村さんは、詩のビデオ朗読を取り入れるなど、紙媒体とは違った、WEB上だから可能なことを模索し続けてくれた。

中村さんと共に、新しい旅立ちをすることになったコーブンの編集後記を紹介したい。これは、今後、いつまでも色褪せることのない、詩の未来に向かうコーブンの「追憶」の記としても読むことができるはずだ。

■「詩の雑誌 midnight press」を休刊して六年が過ぎた。振り返れば、いろいろなことがあった。そして、二〇一一年三月十一日の東日本大震災から一年が経ったこの三月十六日に、吉本隆明氏が亡くなられた。「わたし」の時間と「わたし（たち）」の時間とが幾重にも折り重ねられて、いまがつくりあげられていることにあらためて気がつかされる。

　詩とはなんだろう……？　いまの僕には、「でもね、ドガ、詩はイデーじゃなくて、ことばでつくるものなんだ」というマラルメのことばが沁みる。なるほど、いま、詩らしきもの、あるいは、詩のようなもの（つまり、「ポエジー」？）を目にする機会は少なくないが、ことばで書かれた一篇の詩が目に飛び込んでくるという経験はいまや稀となったという感を深くする。あてどころもなく拡散していく「ポエジー」に対して、凝縮の精神が生む一篇の詩が立つ場所にあらためて立ち返りたい。そう考えて、このたび、midnight press WEB（隔月刊）を創刊することにした。凝縮は、もとより個に、孤に、こもることではない。沈黙が、ことばに対する行為であるように、凝縮もまた拡散に対する行為である。「詩の雑誌 midnight press」創刊号では、「主題は『一篇の詩』に尽きる」と書いたが、いまはそれに次のことばを加えたい。

「いま、わたし（たち）にとって、詩とはなにか。いま、世界現実にとって、詩とはなにか。そして、いま、ことばにとって、詩とはなにか。――それを考え続けるのが、midnight press のミッションである」

　中村剛彦とはじめて会ったのは二〇〇三年のはじめであった。彼の協力を得て、新しい旅を始めることにした。ザ・ビートルズの歌が聞こえてくる。I get by with a little help from my friends. Yes, I get by with a little help from my friends. もちろん、この I は We でもあり、my は our でもある。どこまでいけるかわからぬが、とりあえず、わたし（たち）は、始めることにした。（略）

　そして、二人の旅は、約三年間続く。二〇一五年三月十五日（火）発行の第十三号をもって終刊となった。ただ、この終刊に当たっては、「やるべきことはやり終えて、いまは新しいステージに向かうときであるとの思いが強い」と編集後記に記している。新しいステージとして考えていたのは、この時点でふたつほどあった。ひとつは

「midnight press WEB」に代わるものを、ミッドナイト・プレスホームページのコンテンツのひとつとして発信していくもので、「詩の教室」もそちらに移って続けていく。もうひとつは、紙媒体としてのブックレットの発行であった。不定期であっても、その実現に向かって歩き出そうとしていた。このとき、コーブンは、六十四歳八カ月であった。

WEB版終刊後も、ホームページの制作をはじめとして諸活動に力を尽くしてくださった中村剛彦さんが体調ほかの諸事情により、副編集長を退くことになるのは、二〇一七年の春であった。

「くれぐれもお身体をお大事にされるように。まあ、これからも池袋で、あるいは横浜で、時々は酒を飲みましょう」（二〇一七年四月二十九日「聴無庵日乗」）とコーブンは記している（中村さんは、現在、副編集長としてmidnight pressのミッションを遂行されている）。

*

花の名前を教えてほしい、とコーブンは言う。

「これはエゾギク、これはフジバカマ、セッカヤナギにシュウメイギク、コオリヤナギ、ミヤコワスレ……」

問われるままに答えていく。すると、コーブンはひとつひとつ確認する。指をさしながら。コーブンもわたしもその時間がとても気に入っていた。わたしとしても、お花のお稽古に通いはじめてからも、知らない花の名前が多かった。家に帰ると、復習を兼ねてコーブンと確認していくのである。

こんなにもコーブンが花を好きだったとは、知らなかった。わたしが活けると「これ、写真に撮っておいてね。僕に使わせて」と言うのだった。コーブンのブログに、花の写真が多かったのは、そのためである。

長くて苦しい冬の時代にあっても、わたしには、お茶、お花の稽古を続けさせてくれた。

「君の活ける花はタテに伸びているところがいいね」

どんどん伸ばして、天井に届きそうになったこともあったが、ふたりとも、その伸びやかさに救われた。お稽古では、剣山は必需品だけれど、家では使わない。花を傷つけたくないからである。お茶やお花に限らず、コーブンは、わたしを励ましてくれた。

「君は、僕のために詩を書いてね。僕が読みたいんだから」

この言葉は、出会った頃から変わらなかった。事実、わたし自身も、わたしの詩も、コーブンに育てられたと思っている。

朝になると、コーブンがたずねる。

「きょうの君のご予定は？」

コーブンは一日も欠かさずにわたしにたずねてくる。

「君の今日の予定を述べよ」

月の初めなら、

「君の今月の予定を教えて」

お茶にお花にと、忙しく出歩くことが多かったからでもあるが、それを自分のスケジュール手帳に書き込んでいくのであった。なぜ、わたしの予定を書き込むのか。理由は、お味噌汁の具にあった。なめこと絹ごし豆腐（コーブンは木綿豆腐のほうが好みだった）の具でよく作ってくれたが、

「君の好きなものを買ってきても、出かける日と重なったりして、食べてくれないときがあるからね」

予定を書き込みながら、コーブンはそう言った。そのためにも、わたしの予定を知

る必要があったのだ。

二〇一九年（平成三十一年／令和元年）夏、ラジオから「懺悔の値打ちもない」が流れてきた。北原ミレイの歌である。コーブンとわたしは昼食を摂っていた。ちょうど、ＮＨＫの「昼の歌謡曲」の時間であった。わたしは、お箸を持った指をそのままにして、無言で聴いた。コーブンもまた、身動きしないで聴いているのがわかった。

曲が終わると、

「まるで、わたしの曲みたい」

わたしがそう言うと、

「僕もそう思いながら聴いていた」

とコーブンも言った。

かといって、もちろん人を殺したことはない。しかし、殺した以上のことをしたような気がしてならない。子供のことも、かつて大切にしてくれたひとのこともそうだ。コーブンと出会っていなかったら、わたしはさらに罪を重ねていったはずだ。わたしが罪を犯さぬように、守ってくれたのはコーブンであった。あんなに焦がれた「自由」であった。自らの「自由」と引き換えに、わたしに「自由」を手渡してくれたのも、そのためだ。感謝知らずのわたしは、出会ってからの四十年間で、いま、やっと、岡田コーブンという人間の、真の「強靭」さを知る。

わたしの罪について
（懺悔の値打ちもない）　山本かずこ

わたしは
いつ罪を犯したのか
くわしいことは
北原ミレイがうたっている

あれは八月　暑い夜
すねて十九を　超えた頃
細いナイフを　光らせて
憎《にく》い男を　待っていた*

人を殺したのは
十九歳の
わたしだという

わたしは　その日
人生で
大きな罪を犯したらしい
くわしいことは
北原ミレイがうたっている

愛と云うのじゃ　ないけれど
抱かれてみたかった
わたし
捧げてみたかった
わたし
棄てられつらかった

わたし

そして
〈懺悔の値打ちもない〉
とまで
云っている

その心の
打ち捨てかたまでもが

なぜか
すべて
わたしのものだ

＊「懺悔の値打ちもない」
（一九七〇年　北原ミレイ　作詞／阿久悠　作曲／村井邦彦）

二、詩が書きたくなった

今日はお伝えしたいことがありメールいたします。

長らくお世話になってきましたが、十月末あたりをもって一区切りとさせていただきたいと考えています。

唐突なことと思われるかもしれませんが、これは、これからのこと（主に、ミッドナイト・プレスのこれからについてですが）などと併せて前から考えていたことです。

ただ、これは直接お伝えすべきことがらであり、いずれ、お時間のあるときにでも、あらためてお話しできる機会をいただければ幸いです。ご多用のところを申しわけありませんが、とりあえず、ご連絡させていただきます。

どうぞ、よろしくお願いいたします。

岡田幸文

このメールの送信日付は、二〇一六年（平成二十八年）六月二十四日（金）十時五十三分となっている。

遅番のコーブンは、当日、仕事に入る前に、しかも、先方の出社時間を見計らって、発信している。宛名は、室井基伸氏。コーブンの最後の上司となった方である。

コーブンは、このとき、六十五歳十一カ月。まもなく六十六歳になろうとしていた。三十八歳からおよそ三十年近く、通い続けた職場であった。

六十五歳という年齢を聞けば、「年金」受給が思い当たるかもしれない。けれども、コーブンもわたしも、さらには一緒に暮らしている弟も、年金とは無縁の民であった。いわゆる「無年金者」である。

声高に宣言するようなことではもちろんないので、以下、早口で書いていくが、文京区役所をはじめ、その件について、かつて、問い合わせたこともあった。すると、「ずいぶん遡って納めていただくことになる」と言われたり、「今から納めたとしても、必要な資格期間の二十五年に満たない」と言われたりして、見送ったいきさつがあった。二十五年については、二〇一七年から、十年に短縮されたようだが、法律の途中変更については、もとより事後承認である。つまるところ「年金」とは、ご縁がなかったのである。

話は元に戻って、六十五歳十一カ月に送信した「一区切り」メールは、「年金」受給とは、無関係な「一区切り」であった。コーブンも書いたとおり「ミッドナイト・プレス」のこれからを考えた上で決めたことである。「midnight press WEB」（終刊号）にも記したように、新しいステージに向かうときが来たのであった。

ここから先、一体、どうなるのか。誰もが予測不能な、この混沌とした時代にあって、コーブンとわたしの未来も、平等にわからなかった。

幸い、長く続いていた返済計画からも、数年前から解放されていた。この時点で、コーブンの給与は、五四万円。これに、取材記者としてのわたしの謝礼を併せると、およそ六五万円の収入があった。これに、詩の出版社としての収益は、当時、月にすると、五万円あるかないかであった。

「大丈夫？」

コーブンにたずねられると「大丈夫」だと必ず答えた。考えないから言える言葉である。「大丈夫」に、根拠はない。ただ、その言葉を聞いたコーブンは、一歩前に進むように思えたが、いつも「考える」コーブンは、いったいどこに行ってしまったのか。いつのまにか「考えない」わたしに洗脳でもされてしまったのだろうか。そんなはずはもちろんないに決まっている。
「下手の考え休むに似たり」
ともあれ、このことわざが、わたしたちを前進させた。

室井氏とはその後、二度ほど話し合いの場を設けた。この間にも、コーブンの気持ちは「ミッドナイト・プレス」の新しいステージへと、確実に移っていったのである。

一緒に仕事をしている間は
岡田さんのひとつひとつの指摘で
あまりにも無自覚に言葉を扱っていたなと
認識されることが度々ありました。
これも本当にありがたいことでした。

そして、楽しい食事会になったのは
何よりも岡田さんの人徳かと思いました。
見知らぬ人たちの食事会に来ていただいた

奥様にもよろしくお伝えください。
まだまだご縁があるかもしれません。
お互い健康で過ごせればと思います。

ひとまず、おつかれさまでした。

中山さんより

「お似合いのカップルですね。
タイと京都旅行に連れていってあげてくださいね」

二〇一六年十二月十八日（日）、神田岩本町にある料亭の二階で、コーブンのために送別会（食事会）を設けてくださった。室井氏のメールから、一校正者として、「ことば」と向き合ったコーブンの時間が伝わってくる。また、「詩学」時代からずっと履いてきた二足の草鞋を脱いだ年の瀬でもあり、三十三年の旅路の「一区切り」でもあった。

その年の終わり（二〇一六年十二月二十五日）、コーブンは、ネット上で「聴無庵日乗」を再開している。そこでは、気の向くままに、一篇の詩を書き写していくことを自らに課している。その第一回に選んだのが中原中也の詩であった。

寒い夜の自我像　　　中原中也

きらびやかでもないけれど
この一本の手綱をはなさず
この陰暗の地域を過ぎる！
その志明らかなれば
冬の夜をわれは嘆かず
人々の憔燥《せうそう》のみの愁《かな》しみや
憧れに引廻される女等の鼻唄を
わが瑣細《ささい》なる罰と感じ
そが、わが皮膚を刺すにまかす。

蹌踉《よろ》めくままに静もりを保ち、
聊《いささ》かは儀文めいた心地をもつて
われはわが怠惰を諫《いさ》める
寒月の下を往きながら。

陽気で、坦々として、而《しか》も己を売らないことをと、
わが魂の願ふことであつた！

一区切りをつけたのは、冬の季節であったが、幾度となく繰り返した「春夏秋冬」の道を、コーブンは何度も蹌踉めきながら歩いたに違いない。コーブンは多くは語らなかったが、代わりに中也が語ってくれている。

年が明けて、二〇一七年がやってきた。コーブンには、何もかもがもの珍しく感じられた。

○正月も十日を過ぎれば、いや、過ぎなくても、いつもと変わらぬ時間のなかにいるのだが、それでもこの一月は、昨年からの生活の変化とあいまって、なにやら新しい、未体験の時間を生き始めたような実感を覚えている。（略）この「聴無庵日乗」を再開するに際して、「気の向くままに、一篇の詩を書き写していきたいと思う」と書いたが、日記（?）を書きながら「気の向くままに」一篇の詩を引用することなど、かんたんにできることではないと、すぐに気がつくべきであったと反省している。

他の者に、魂について語ろうとすれば
天使の舌が必要になる。しかしそうしようと思っても、
ただ言葉の貧困を感じるだけだ。
神聖な事柄を卑小な言葉で語り、
そうすることで卑小なものにしてしまうことに
おそれおののく。語ることが罪を犯すことになる。

（ヘーゲル「エレウシス――ヘルダーリンへ」（高橋巖訳）より）

（二〇一七年一月十六日記）

○このところ、よく散歩している。というか、一週間ほど前、思いたって、毎日散歩するようにした。歩いていると、一日一日、日が長くなっていくのが実感される。このところ、「古事記」を読んでいる。意味がとりやすいのでつい翻訳を読んでしまうが、やはり原文で読まないと真実はつかめないだろうということで、原文と翻訳とを交互に読みながらの、遅々たる時間である。読んでいるとき、アタマをよぎっていくのは、〈起源〉へのノスタルジーであろうか。

まだよまぬ詩はおほしと霜にめざめけり　田中裕明

（二〇一七年二月六日記）

○詩について、書こうとすると、詩それ自体から遠ざかっていく。いま、詩についてよく考えるのは、送られてきた詩誌や詩集を読んでいるときだと思う。目の前に具体的に詩があるので、逃げる（？）ことができない。上昇と下降の像が交錯するとき、詩それ自体と相対している。（略）

（二〇一七年二月十五日記）

コーブンは、封印していた五感を、全方位に解き放つことができたのであった。新しい一日を味わうことを、やっと自らに許した、その喜びが一気に溢れ出している。こんなにも待ち望んでいた、まるごとの一日だったのだ。このとき「詩の雑誌 midnight press」休刊から、約十年が流れていた。

○どこから始めるか。――思えば、「詩の雑誌 midnight press」の休刊以来、考えてきたことはけっきょくそういうことであった。そして、ようやく、やっと、それが見えてきたような気がする。それはなにか。かんたんに云えば、原点に返るということに尽きるだろう。だが、それはいかに、ということになれば、かんたんではなくなる。数日前、そういえばと、いつものように本棚を探し始めて、鹿島茂編『あの頃、あの詩を』という本を取り出して読み始めた。これは、編者によれば、「広い意味で団塊の世代（昭和二〇年から昭和二十六年生まれ）が中学校時代の三年間に国語教科書で読んだ詩を集大成したアンソロジー」であるという。そして、「軽井沢のホテルに三日三晩籠もって、」「詩を片っ端から読ん」

だ結果、「団塊の世代が教科書で読んだ詩は、とりわけ中学校の教科書の詩は、（教科書の）編者によって特殊なドライブがかかっていることが」わかった。「そのドライブは、ある種の「時代精神」（ツァイト・ガイスト）のなせるわざであり、「つまり、昭和三〇年代という『未来への希望に輝いていた』時代のツァイト・ガイストが生のままで保存されているような気がした」と鹿島氏は書いている。上に引用した鹿島茂氏のことばは、「どこから始めるか」と考えていた迂生の気分にシンクロした。つまりそれは、私にとって、詩とはなんであったかを考えること、それはすなわち詩が「希望」でありえた時代について考えるということでもあるのだが、詩の現在の先に行こうとするならば避けては通れない道であると思われたのである。そして、そのとき、通俗に分け入ることも辞さないことが要求されるだろう。この「通俗」については、おいおいと明らかにされていくだろうから、いまは措く。とにかく始めてみよう。もとより、どこから始めてもいいのだが、『あの頃、あの詩を』というアンソロジーの229ページには次のような詩が置かれている。（略）

（二〇一七年五月二十二日記）

つづいて、草野天平「秋」、城左門「青空」が紹介されている。この二篇の詩にコーブンが立ち止まったのは「さうか／これが秋なのか」「そうだ　こういう世界があったのだ」という措辞に惹かれたからなのだが、そこを入口として、さらに「秋」という季節を通して「詩」へと誘われる、コーブンの姿が見えてくる。「どこから始めるか」の道を、とにかく歩きはじめたのであった。

○一日のうちで、詩について考える時間はどのくらいあるのかと考えてみた。そのとき考えているのは、詩の現在でもなければ、詩の未来でもないだろう。ただひたすら、己の詩について考えているのだ。そういうかたちで、詩の生成に、詩の歴史に、参加しているときもあるのではないだろうか。

ふとしたことから、オマル・ハイヤームの『ルバイヤート』を久しぶりに手にとった。四行詩の時間の構造について、しばらく考えてみたいと思いながら、四行詩というものをはじめて書いてみた。（略）

（二〇一八年九月二十日記）

この後、併せて六作の四行詩を書いている。さらに遡ると、この年の初めに個人詩誌「冬に花を探し、夏に雪を探せ。」を隔月刊で発行している。「詩が書きたくなった」と、コーブンは言った。「ただひたすら、その詩について考え」「そういうかたちで、詩の生成に、詩の歴史に、参加しているとき」を味わおうとしていたのである。創刊号（二〇一八年一月三十日刊）「あとがき」に記している。

「冬に花を探し、夏に雪を探せ。」とは、かつて「人生の歩みのまさに半ばにあって／われに返ると私は暗い森のなかにいた」とき、ある方から教示されたことばである。このたび久しぶりに個人誌を始めるに際して、誌名はこれしかないと思った。Ａ４裏表一枚と誌面が限られているので、断片のようなものになってしまうかもしれないが、できれば隔月刊で続けたい。（岡田）

「題字は君が書いて」と言われて、わたしが書いたものの、コーブンの文字こそがふさわしい、と思う。なにしろこの個人誌は、コーブンの一篇の詩作品発表と、「良寛」の詩（漢詩）についての論考の場であった。コーブンの書く文字は、良寛さんのそれに佇まいがどこか似ている。「書は人なり」といわれるが、その人柄や大切にしていることまでも、相通じるようにも思えてくる。

ただ、「良寛」の詩を読むには、「道元」を読む必要があった。同個人誌№2の「あとがき」に、「云うまでもなく『我詩是非詩』の『詩』と、『始可与言詩』の『詩』とは同じものではないだろう。云うなれば後者の『詩』は止揚されている。良寛の詩を読もうとするとき、道元を参照することは必須であると思い知る。道は遠い。」とある。

コーブンは詩書と同じくらい、仏教書に親しんでいた。なかでも「道元」の『正法眼蔵』をよく手にしていた。曹洞宗の開祖でもある道元は、「ひたすら坐禅するところに悟りが顕現している」という立場であったが、コーブンにとっての坐禅とは、なにか。ひたすら「詩のそばにいる」ということと無縁ではないようにも思える。

○三月がきた。だが前回の日乗を書いて以来、時間はほとんど変わらないままであるようだ。具体的に云うならば、漱石の『門』の前に相変わらず立っている。漱石、いや宗助はなぜ、「禅寺へ留めてもらって、一週間か十日、ただ静かに頭を休めて見」たくなったのだろう。「悟という美名に欺かれて、彼の平生に似合わぬ冒険を試みようと企てた」のだろうか。「彼は直截に生活の葛藤を切り払うつもりで、かえって迂闊に山の中へと迷い込んだ愚物であった」のだろうか。そんなことをぼんやりと考えているうちに、三月を迎えてしまった。

だが、よいこともある。有馬頼底師が書いた、「応無所住而生其心」（おうむしょじゅうにしょうごしん」という軸を入手した。書き下せば、「応（まさ）に住する所無くして、而（しか）も其の心を生ずべし。「住する所無くして」とは、とらわれないこと、とどまらないこと。そして「而も其の心を生ずべし」とは、そのとき無礙自在の心が働くという。僕の弱いところをずばりと衝いたこのことばと、これからは有馬頼底氏の書で向かい合うことになる。

（「聴無庵日乗54／二〇一九年三月四日記）

ここで、先に述べた六作の四行詩を紹介したいと思う。二〇一八年九月から、十一月までに書かれたものだ。

いっさいを偶然にゆだねる
すると詩が生まれる
すると詩が滅びる
その生滅のあいだで立ち尽くす詩もある

（四行詩1）

かつて　この詩はどのようにして訪れたのか
そしていまどこに行こうとしているのか
教えてくれるものはもはやない
ただ遠くまで行くことだけが残されている

（四行詩2）

変わらない　まさにそのことが変わってしまったことを告げている夕べ
長いゆるやかな坂を下っていく
向こうから旧知の者がやってくる
もちろん　彼は私を知らない者のようにして過ぎていく

（四行詩3）

アルテック最後の日　海沿いの道をドライヴした
先ほどまで聴いていたピアノ・トリオの音の断片が行く手の彼方でキラキラして

いた
ほんとうに見たかったものはまだなにも見えてこなかったけれども
クルマは最後の日をよく知っているかのように蛇行しながら彼方に向かって走った

（四行詩4）

夏の太陽がはげしく照りつける路上に出てみると
あらわれているものとあるものとが相剋していた
あれは最後の機会だった
ぬるくなった缶ビールを飲みほし立ちあがると　見られていた

（四行詩5）

夢を見ながら、その夢について考えている
これは戯論だろうか
世界は一枚の絵だ
その絵の中を後退していく者がいる

（四行詩6）

そして、約二年間続いた個人誌は、十一号で休刊となる。

突然ですが、この「冬に花を探し、夏に雪を探せ。」は、今号をもって休刊させていただくことにしました。理由は筆者の体調によるものです。身体のことばかりは思い煩っても仕方ありません。いまは静養に努めんと思い定めました。短かい間でしたが、ご愛読いただき、ありがとうございました。みなさまのご健康をお祈り申し上げます。（岡田）

（二〇一九年九月三十日刊）

「あとがき」の全文である。

前後するように書いた「聴無庵日乗61」（二〇一九年八月十八日記）には、三好豊一郎の詩作品が紹介されている。

――木食仏とはなんだろう

肉体をもってあがなった精神の裸形であるのか
精神をもってあがなった肉体の意味であるのか

（「月山」より）

この詩の紹介のあと、続けて書いている。この記述が、図らずも、「聴無庵日乗」の最後の言葉となった。

「生きるとは、つまり、いかに生きるべきか、ということに尽きる。二〇一九年の夏が教えてくれたのは、つまり、そういうことだった。」

第六章

軽井沢万平ホテルのジョンのピアノのそばに立つコーブン（2019年9月3日）。この日、ジョンたちが泊まった128号室に、同年12月初めの宿泊予約をして帰る

二つの旅

「僕は今年いっぱい生きられないような気がする」

二〇一九年（平成三十一年／令和元年）の早い時期から、コーブンは何度か口にするようになっていた。

「どうして、そんなことを思うの？」

「なんとなく、そんな気がしてならないんだ」

すでにして、身体のなかの異変を感じ取っていたのかもしれない。同時にいくつかの仕事も並行して進んでいた。

「病院に行ったら、それっきり、家には戻ってこられないように思う」

病院に行くのを先送りする一方で、二つの旅を愉しみにもしていた。ひとつは、厳しい修行ののち、故郷越後に戻った良寛が過ごした「五合庵」を訪ねる旅であった。

前年（二〇一八年／平成三十年）十月二十七日（土）、久しぶりに上京した木野まり子さんから「芸術新潮」（一九八九年二月号）を渡された。表紙には、「特集 良寛を仰ぐ」とあった。

「これ、岡田さんに渡してあげて」

コーブンの個人誌を愛読していた木野さんは、ぜひ、一緒に「五合庵」を訪ねたいと思ったのだという。しかも、旅の道連れは、藤井孝さんであった。新潟出身で、「五合庵」には、小学校の遠足で行ったこともあった。

木野さんは、年が明けた二月十九日（火）にも再度上京。このとき、いつものように池袋のマダム・シルクでわたしたち四人は会った。コーブンは、旅の資料を作ってわたしたちに渡してくれた。ただ、わたしたちは資料を一瞥しただけで、すぐに話に戻った。「君たちは、資料をちっとも見ないね」とコーブンは言った。わたしたちは笑ったが、その言葉がなぜか耳に残った。コーブンの口調は、決して、非難めいてはいなかった。ただ、いつもの軽やかさを感じることができなかった。あえて言うならば、さびしさが際立っていた。そして、わたしはこのとき、コーブンに「ありがとう」のひと言を言ったのだろうか、と自問する。たとえ言ったとしても、こころから言っただろうか。わたしはコーブンの有り難さを当たり前として受け取っていた。

有り難さに慣れすぎていたのだ。

ともあれ、この夜「五合庵を訪ねる旅」の日程を決めた。木野さんからすると、わずか半年の間に、熊本からの三度の上京となった。時間をあけず、短期間での上京は珍しい。おそらくは、いくつかの偶然が重なっての上京だとしても、その偶然こそが、「旅」の実行を確実にした。旅は、およそ二カ月後の、四月二十二日（月）から二十三日（火）と決まった。この木野さんの、この時期の、三度の上京なくしては「五合庵」への旅は実現に至らなかったかもしれない。木野さんに起きていた偶然には、時を動かす意志をすら感じた。

お天気にも恵まれた。東京の桜は散っていたが、桜前線は北上中であった。関越自動車道では、赤城サービスエリアで休憩を取る。青空に、うすいピンク色の桜が映えて、わたしたちは、この年の、春の真っ只中に身を置いた。

出雲崎→良寛堂→寺泊→国上《くがみ》山、そして、五合庵へと向かった。コーブンは、この旅のことを「冬に花を探し、夏に雪を探せ。」№９の「あとがき」で書いている。

「行ってみなければわからぬということはある」。今回、良寛をたずねる旅で実感させられたのは、このことばに尽きる。五合庵をたずねたとき、ここに良寛はいたのかと、その孤絶の相に絶句した。出雲崎で良寛の生家跡をたずねたときも然り。「いにしへにかはらぬものはありそみとむかひにみゆるさとのしまなり」「おきつ風いたくなひきそくものうらはわかたらちねのをきつどころ」黙して良寛のうたを味わうばかりであった。誘ってくれたFくん、そしてKさん、ありがとう。（岡田）

五合庵でしばらく過ごしたあと、越後平野が見渡せる朝日山展望台と五合庵とを結ぶ赤い吊り橋を渡った。かつて、あんなに速く歩いたコーブンなのに、この日はゆっくりと歩いていた。わたしが記念写真を撮ろうとして、声をかけると、橋を渡っていた三人が振り向いた。コーブンがわたしの一番近くにいた。いつでも、わたしの一番近くにいてくれた、と言うこともできるが、おそらくこの時期、すでに速く歩くのが辛かったのではないだろうか、とも思う。

そして、あとひとつの旅は「軽井沢のジョン・レノン」について考える旅であった。二〇一八年に入った頃だったか、ある方から、ジョン・レノンの全ての歌詞を訳して一冊にまとめてはどうかという提案をいただいた。その年の八月、訳し終えた『Walls and Bridges』を、郵送している。なぜ、この訳詩が遅れてしまったのか、その理由に触れた手紙がパソコンに残っていた。

（横書きで）

異常に暑かった夏も過ぎゆき、秋の到来が間近に感じられる頃となりましたが、お変わりありませんでしょうか。

その後、ずいぶんと時間があきましたが、ジョン・レノンの『Walls and Bridges』の訳詩をお送りいたします。遅々としたのは、夏の暑さのせいばかりではありません。ジョン・レノンの１９７０年代というのは、政治的活動の挫折、そしてそれに続くヨーコとの別居による、いわゆる「失われた週末」と、低迷していた時代で、それはその頃につくられた楽曲にも反映していて、なかには苦しい作品もないわけではないが、その苦難のなかで呻吟するように書かれた詩に、ジョン・レノンの真実を読み解こうとすることが、しばしば遅渋を招いたようです。

言い訳はさておき、あとは、アルバム２枚（Double Fantasy, Milk and Honey）そしてアルバムとは別に発表されたシングル盤の５曲（Give Peace a Chance, Cold Turkey, Instant Karma!, Power to the People, Happy Xmas（War is Over）というところまできました。できるだけ訳詩に集中する時間を確保して、今年中にはメドをつけたいと考えています。よろしくお願いいたします。
なにかとお忙しい毎日を過ごされていることと思いますが、どうぞお身体をお大事にされますように。

二〇一八年八月三十一日

岡田幸文

全訳の完成は、翌年（二〇一九年）の夏になったが、五月には「ダブル・ファンタジー」の訳を郵送している。

冠省　ずいぶんと時間があきましたが、ジョン・レノンの『ダブル・ファンタジー』の訳詩をお送りします。歌詞カードを添付していますが、実際にはそのとおりには歌われていないところもあります。そこで、実際に歌われているものに従って訳しました。
諸事情に追われて、詩と向かい合う時間をなかなかもつことができない日々を送っていますが、詩と向かい合えば向かい合うほど、詩の真実が見えてくるという、きわめて当たり前のことを、今回ほど教えられたことはありませんでした。

『ダブル・ファンタジー』は、ジョン・レノンにとって、たいへん重要な作品ですが、少し近づけたような気がします。
ちょっと、いま苦しいところなのですが、もう少ししたら視界が開ける予感がしています。この後も、引き続き『ミルク・アンド・ハニー』の訳詩などお送りしていきたいと思います。よろしくお願いいたします。

早々

二〇一九年五月一日

岡田幸文

この頃には「疲れやすくなった」と、口にするようになっていた。体調がすぐれなかったが、「軽井沢のジョン・レノン」について考える旅には、少々の無理をしてでも出かけたかった。全訳詩集の「解説文」を書くに当たって、ぜひ、軽井沢で「ジョン・レノン」を考えてみたかったからである。軽井沢には、イタリア文学者・鷲平京子氏がおられる。長く軽井沢にお住まいの鷲平さんが案内役を買ってくださることになり、九月二日（月）から三日（火）まで、旅をした。ご一緒してくださったのは、伊藤康司、早苗さんご夫妻であった。

鷲平京子様

まだ暑さが残っているとはいえ、季節はあっというまに秋へと移っていくようで、なんというか、この自然がわれわれの思考体系をつくってきたのかと、いまさらながらの感に打たれます。

先日の軽井沢では、たいへんお世話になりました。万平ホテルのカフェで過ごした時間の余韻をいまも味わっています。その余韻によるものか、いま僕は身辺整理というか、できるだけ身軽になろうということで、生き方の再点検を始めたところです。

伊藤さんから預かりました軽井沢の写真、遅くなりましたが、お送りいたします。併せて、当方で撮影した写真も。（略）

軽井沢は寒くなってきたことでしょう。風邪などひかれませんように、くれぐれもお身体お大事にされますように。

二〇一九年九月二十日

岡田幸文

万平ホテルのカフェでは、ジョン・レノン直伝の「ロイヤルミルクティー」を飲んだ。ミルクが苦手だったコーブンだったが、最後まで飲み終えた。コーブンは「軽井沢のジョン・レノン」を追体験しようとしていた。このとき、コーブンとわたしは、十二月四日（水）、五日（木）と、ジョンがヨーコやショーンと過ごした万平ホテルの「128号室」を予約したのであった。鷲平さんが、ジョンが利用していたパン屋さんや、家族でヨーコやショーンと歩いた散歩道など、先頭に立って歩いてくれた。ただ、このときも、コーブンは、木立のなかをゆっくりと歩いていた。大宮で新幹線を降りたとき、ここからタクシーで帰りたい、とコーブンは言った。タクシーが好きなわたしではあるが、コーブンの口から聞いたときは、ちっとも嬉しくなかった。口には出さなかったが、コーブンは、よっぽどきつかったのだと思う。軽井沢の旅から帰ってまもなくのことであった。眼が覚めると、夢を見たよ、とコーブンは言った。

ドアがノックされて開けると、そこにはヨーコが立っていた。ここは、万平ホテル128号室だとわかった。ヨーコを招き入れると、すでにソファにはジョンが座っていて、笑っていた。足元には、スーツケースがあって、ニューヨークから着いたところだよ、とジョンは言った。コーブンは、ヨーコに「今、ジョンの歌の全訳を終えたところです。わからないところがあったら、お聞きしてもよろしいでしょうか？」とたずねた。するとヨーコは「いいわよ」と承諾してくれたんだよ。ほんとうに不思議な夢だったよ、と。

結局、実現されることのなかった128号室での宿泊だったが、コーブンは夢のなかでジョンやヨーコと会っていたのだった。

「五合庵」と「軽井沢」、二つの旅を終えたあと、コーブンは日毎に衰弱していった。外出中のわたしとの連絡用には携帯メールが役に立った。

申しわけないが、歩くことすら困難な状況なり。今日は横になっています。晩は、ごはん炊いておきます。コロッケがあるからね。気をつけてね。

（二〇一九年九月二十日送信）

多少の波はあったものの、体調はその後もじょじょに弱っていった。そうした日々のなかにあっても、わたしの健康を真っ先に気づかってくれた。

よかったね。お花の教室休みになって。やはり、二連チャンはきついよ。これからはスケジュール管理に注意したほうがいいと思います。ゆっくり休んで帰ってきてください。気をつけてね。

（二〇一九年十月二十一日送信）

第七章

セルフタイマーで撮影した写真（1985年）。1年後の1986年11月1日に入籍

「一日でも長く、君と一緒に暮らしたい」

「僕は死にたくない、
一日でも長く、君と一緒に暮らしたいんだ。
だから、僕は死にたくない」

いよいよ病院に行くという日、コーブンはそう言って涙を流した。その日の朝、入浴も済ませ、机のそばの書類棚に貼ってあった予定表やメモをひとつずつはがしていった。

「責了もすませたし、あとは大丈夫だ」

そう、自分に言い聞かせるようにして、部屋の中をゆっくりと見渡した。もう、この部屋には二度と戻ることはない。コーブンには、それがわかっていたのだ。ぎりぎりまでこの部屋で、わたしと暮らしてくれたコーブン。また、わたしが困らないように、自分でできることはすべて手配し終えたコーブン。今後の仕事の流れまですべてメモして書き残してくれた。

ここから先は、とても辛すぎて、わたしには書き進めることができない。二〇一九年（平成三十一年／令和元年）十一月十三日（水）午前に入院してから、十二月九日（月）午前二時五分まで、わずか二十六日間の入院生活だった。六十九歳四カ月。まさに、命のぎりぎりまで「行けるところまで行った」コーブンであった。

コーブンの身体は、食道や肝臓への癌の発生、心臓への極度な負荷。入院の時点で、すでに多臓器不全であった。まさに、満身創痍であった。

無題のアリア

——〈Creatio ex nihilo〉のための

岡田幸文

鳥が飛んでいる　花が咲いている
その鳥の名も　その花の名も　知らぬまま　私は今日まで生きてきた
でもあの人が帰ってきたら鳥の名でも花の名でもなんでも知ることができるでしょう

あの人は私になんでも教えてくれるから
だれ！　その陰に隠れているのは？
「知らなくてはいけないことはほかにある」
そうささやくのはだれ？

いいえ　私が知らなくてはいけないのは
あの空を高く飛ぶ鳥の名です
この足元に咲く小さな花の名です

ほら　あの人が帰ってくる
あの人は私になんでも教えてくれるでしょう
鳥の名や花の名を
そして私がもうひとりではないことを

（「冬に花を探し、夏に雪を探せ。」No.３）

花も鳥も風も月も

山本かずこ

とむらいは　終わらないよ　一生　終わらない　かもしれない　あのひとの場合は
　Nさんは　そういったそうである　あのひととは　わたしのこと？　とむらいと
は　いつかは終わるものなの？

空を見上げても　終わらない
雨に打たれても　終わらない
雪に降り込められても　終わらなかった
一年を経て　とむらいは
花も鳥も風も月も
終わらせることはできないことを知った

しらこ川沿いにも
また　春になったら
桜の花は咲くでしょう
夏になったら
あなたが暑いという　ほんとうに
いつまでも暑いわね　と
わたしが答えて
夏の終わりに　たえきれず
髪を　短く切りました
いつのまにか　秋がやってきて
なります橋を　ゆっくりと歩いてゆく
あなたの
うしろ姿をみかけたような気がした
橋のたもとで　立ちつくしていると
十二月の夜も更けてゆき
見上げると

空には　月がのぼっています
その神々しさをもってしても
とむらいを　終わらせることはできなかった

それでも
花は　咲き乱れ
鳥は　大空を自由に飛び
風は
いま　季節が移ったと
わたしに告げる
そして
月は

月は
一度だって　変わることのない
無償の

愛の光で
見守りつづけてくださることでしょう
永遠に
わたし（たち）を

（「えこし通信」No.26／二〇二一年十二月）

あとがきにかえて

自らのことをあまり語らなかった岡田コーブンですが、事実を通して見えてくる真実があるのではないかと思いました。

岡田の書いた手紙や文章の紹介は、できるだけ時系列に沿うかたちを心がけました。期せずして、岡田との共著のような様相を呈していることに気づいたことは、わたしにとって、うれしい発見でもありました。また、書くことを通して、その時々にはわからなかった岡田の気持ちに、少しでも近づけたことは、小さなよろこびでした。

このささやかな一冊を、「きらびやかでもないけれど、この一本の手綱をはなさず」(中也)、詩のそばで生きた岡田コーブンの、魂の記録の書として、みなさまにお手にとっていただければ、有難く存じます。

最後に、この書物が、貧しく、困難な時代を果敢に生き延びる、日本現代詩の一資料として、少しでもお役に立てれば幸いに存じます。

二〇二三年十二月九日　著者

〈岡田幸文略歴〉

＊一九五〇年（昭和二十五年）七月二十九日　京都にて生まれる。父、岡田幸郎、母、敏子。

＊一九七七年（昭和五十二年）三月　東京大学文学部印度哲学科卒業。在学中より、詩学社に出入りする。

＊一九八一年（昭和五十六年）十二月八日　第一詩集『あなたと肩をならべて』上梓。（いちご舎／ミッドナイト・プレス前身）

＊一九八三年（昭和五十八年）〜一九八八年（昭和六十三年）「詩学」編集長。

＊一九八六年（昭和六十一年）十一月一日　山本かずこと結婚。

＊一九八八年（昭和六十三年）三月二十二日　ミッドナイト・プレスを創立。

＊一九八九年（昭和六十四年／平成元年）〜一九九八年（平成十年）「詩の新聞 midnight press」全二十一号を発行。

＊一九八九年（平成元年）七月十日　第二詩集『アフター ダンス』上梓。（ミッドナイト・プレス刊）

＊一九九八年（平成十年）〜二〇〇六年（平成十八年）「詩の雑誌 midnight press」全三十一号を発行。

＊二〇一二年（平成二十四年）〜二〇一五年（平成二十七年）「midnight press WEB」全十三号を発行。

＊二〇一九年（平成三十一年／令和元年）十二月九日　多臓器不全にて死去。享年六十九歳。

＊二〇二〇年（令和二年）七月二十九日　第三詩集『そして君と歩いていく』上梓。（ミッドナイト・プレス刊）

＊二〇二〇年（令和二年）十月　第五十八回歴程賞受賞。

【贈賞理由】岡田幸文氏は詩人というより、詩を生きる編集者だった。鋭く優しい目で一篇の詩、一人の詩人を求めてきた。「詩学」の編集長時代から、無名の優れた詩人を多く見出し続けた。詩を愛する読者に向って、詩を生きる一編集者として語りかけてきた。「詩学」以降も「詩の新聞 midnight press」として、「詩の雑誌 midnight press」として、ついには「midnight press WEB」として、詩の出版の方法論を模索し、その最前線にいた。日本の詩壇の流れを作る一人であったことは間違いない。没後に出された詩集『そして君と歩いていく』の作品群には、なんの気負いもなく、澄んだ言葉で、すっと読者の心に入ってくる詩が並んでいる。この爽やかな詩は、これから歩きはじめる若い詩人たちと共にあるだろう。

（歴程／プレス・リリースより）

＊二〇二一年（令和三年）十二月九日『ただ、詩のために——岡田幸文追悼文集』刊行。（ミッドナイト・プレス刊／編集・ミッドナイト・プレス副編集長中村剛彦）

【個人誌】

＊「新表現人（全五号）」（一九七七年〜一九七九年）

＊「DANCE!（全七号）」（一九八六年一月六日〜一九九五年三月二十五日）

＊「冬に花を探し、夏に雪を探せ。（全十一号）」（二〇一八年一月三十日〜二〇一九年九月三十

日）

＊『ただ、詩のために——岡田幸文追悼文集』、『岡田コーブン——ただ、詩のそばで』、さらに、今後刊行予定の岡田の書籍は、いつでも詩と共にあった岡田の仕事を、未来の詩人たちに手渡すことを願われる方々からの御支援により刊行されます。深く感謝申し上げます。そして、長い間、岡田の仕事を陰で支えてくださった方々に心より御礼申し上げます。

（山本かずこ／岡田和子）

＊引用出典

岡田幸文詩集『あなたと肩をならべて』（いちご舎）一九八一年十二月

山本かずこ詩集『渡月橋まで』（いちご舎）一九八二年十月

『白痴』（下巻　ドストエフスキー著　木村浩訳／新潮文庫）

「詩学」（谷川俊太郎訪問記）一九七六年九月号

「詩学」（「poetry '80　朗読会ニュース予告」）一九七九年十一月号

「詩学」（「poetry '80　朗読会ニュース９」）一九八〇年八月号

「詩学」（編集後記）一九八三年十一月号

「詩学」（編集後記）一九八四年七月号

「詩学」（自費出版広告欄）一九八三年十二月号〜八四年十一月号

『黄金の砂の舞い　嵯峨さんに聞く』（栗原澪子著／七月堂）

「詩学」（「H氏賞・現代詩人賞」特集号）一九八七年六月号

『経済学・哲学草稿』（「貨幣」より／カール・マルクス著　城塚登・田中吉六訳／岩波文庫）

「詩の新聞 midnight press」№21 一九八八年三月二十二日発行

「現代詩手帖」（「スクランブル・スクエア」）一九九八年二月号

「東京新聞」（大波小波／詩壇の病）一九八八年八月二十日夕刊

「詩学」（谷川俊太郎氏による嵯峨氏への追悼文）一九九八年三月号
『続・荒川洋治詩集』（詩人になるには、いくらかかるか／思潮社現代詩文庫）
「詩学」（編集後記）二〇〇二年十二月号
「詩と思想」（寺西幹仁略歴／立野雅代編より）二〇〇八年十二月号
「詩の新聞 midnight press」創刊号 一九八九年一月
「詩の新聞 midnight press」№10 №14 一九九一年十月、一九九三年十月
山本かずこ詩集『恰も魂あるものの如く』（ミッドナイト・プレス）二〇二〇年九月
「詩の雑誌 midnight press」（創刊の辞）一九九八年九月
『祝魂歌』谷川俊太郎＝編（ミッドナイト・プレス）二〇〇三年七月
『淵上毛錢全集』（国文社）一九七二年七月
「midnight press EXTRA 版」二〇〇八年八月
「midnight press WEB」（ミッドナイト・ヴォイス）二〇一二年六月
岡田幸文「聴無庵日乗」ミッドナイト・プレスHP上に発表
「冬に花を探し、夏に雪を探せ。」岡田幸文個人誌 二〇一八年一月、二〇一九年九月
「えこし通信」№26 二〇二一年十二月
岡田幸文詩集『そして君と歩いていく』（ミッドナイト・プレス）二〇二〇年七月

著者略歴

一九五二年（昭和二十七年）一月六日、高知市生まれ。駒沢大学文学部歴史学科中退。一九八六年十一月一日、岡田幸文と結婚。詩集に『渡月橋まで』『西片日記』『ストーリー』『愛の力』『愛人』『故郷』『最も美しい夏』『愛の行為』『失楽園』『思い出さないこと　忘れないこと』『不忍池には牡丹だけれど』『いちどにどこにでも』（以上全詩集は岡田幸文編集による）『恰も魂あるものの如く』（第二十八回丸山薫賞受賞）。詩集『リバーサイド ホテル』（マガジンハウス）。

雑誌、金融機関等の契約取材記者を長く務める。現在、自宅にて茶道の教場を開く（表千家流茶道教授。日本古流華道教授）。詩の出版社 ミッドナイト・プレス代表。

ミッドナイト・プレス近刊案内（二〇二一年十二月九日刊行予定）

『ただ、詩のために —— 岡田幸文追悼文集』（定価：本体二三〇〇円＋税）

ひとりの死は沢山の親しい生によって生き直される。
漱石の言う非人情に生きる詩人たちの情が胸を打つ。 —— 谷川俊太郎

〈執筆者〉

青木孝太	里中智沙	根石吉久
秋亜綺羅	眞田幸子	根本　明
浅野言朗	柴田千晶	平居　謙
井坂洋子	清水鱗造	平井るみ子
石館康平	正津　勉	深田　卓
伊藤康司	萱間　勇	福本順次
伊藤早苗	瀬尾育生	藤井　孝
井上弘治	芹沢俊介	ふし文人
大沼　悠	芹沢美保	古沢健太郎
小川三郎	そとめそふ	松岡祥男
小沢信男	高鶴礼子	水島英己
笠貫　良	谷川俊太郎	三原由起子
兼子利光	玉城入野	森　路子
川岸則夫	戸部美奈子	八木幹夫
川津　望	中西・ホーリー三助	藪下明博
久谷　雉	中村剛彦	山本かずこ
小林レント	中村文昭	鷲平京子
笹原玉子	二沓ようこ	渡邉　一

詩とはなんだろう　岡田幸文

詩とはなんだろう? この問いを措いて、いまの僕には、ほかに惹かれるものはない。

「まさに詩だけが人間を回復できるのだ。」(ジュゼッペ・ウンガレッティ)

ところで、いま詩はどのように語られているのだろう。思いついて書店の詩書コーナーをのぞいても、自分が知りたいことについて書かれた本を見つけることはむずかしい。また、最近はどんな詩集が出ているのかと書評記事など読むが、これがどうにもおもしろくない。取り上げられている作品よりも、それを取り上げている書き手(「詩人」)のほうが前面に出てきているからだ。そこに、「詩の現在」はない。あるのは、「詩人(たち)の現在」ばかりだ。

詩とはなにか? それを徹底的に考えていかなくてはならないと思った。そのとき、なにを材料にすればいいのだろう。いかなる材料にもたよらず、独力で考え抜くという道もあるかもしれない。だが、それは僕の能力を超えている。やはり、なにかひとつとっかかりのようなものがほしい。そのとき、いま書かれている詩を材料にすることはむずかしいと思われた。詩とはなにかと考えるとき、対峙すべき「詩の現在」はそこにはないと思われた。「詩の現在」とはなにか。もとより、それは詩の現状を云うのではない。一篇の詩が不可避的に包含せざるをえない桎梏葛藤のありようを云うのである。そして、それを探るには、これまでどのように詩が書かれてきたのか、その一篇一篇をあらためて読み直していくしかない。

(二〇一六年十二月二十五日「聴無庵日乗」より)

ご注文は以下、Eメールまたはファックスにて承っております。

Eメールアドレス:
email@midnightpress.co.jp
Fax : 048-466-5838

ご注文の書籍名、お名前、ご連絡先の電話番号、Eメールアドレスをお書きください。
送料を含む合計金額、お振込口座など折り返しご連絡いたします。なお、土日祝祭日などをはさむ場合は、お返事が遅くなることをあらかじめご了承いただければ幸いです。
どうぞ、よろしくお願いいたします。

ミッドナイト・プレス

第28回丸山薫賞受賞
山本かずこ詩集『恰も魂あるものの如く』
A5変型・上製　定価:本体2000円+税
2020年9月23日発行

第58回歴程賞受賞
岡田幸文第三詩集『そして君と歩いていく』
A5変型・上製　定価:本体2000円+税
2020年7月29日発行

ミッドナイト・プレス

岡田コーブン

ただ、詩のそばで

二〇二四年六月二日第一刷発行

著者　山本かずこ
装丁　大原信泉
発行者　岡田和子
発行所　ミッドナイト・プレス
埼玉県和光市白子三‐一九‐七‐七〇〇二
電話　〇四八（四六六）三七七九
振替　〇〇一八〇‐七‐二五五八三四
http://www.midnightpress.co.jp

印刷・製本　モリモト印刷

ISBN978-4-907901-25-7